神さまのいる書店·まほろばの夏

神居書店

幻本之夏

三萩千夜—著　緋華璃—譯

目錄

序章

書與容身之處與紙山讀美

你不覺得能與書本成爲朋友是件很美好的事嗎？

——摘錄自紡野文香著《神居書店》

我找不到自己的容身之處。

紙山讀美已經想不起來，自己是從什麼時候開始有這種想法的。

唯有一點是可以確定的，至少是在距今四年前——就讀國中一年級的時候就已經有這種想法。

……確定到令人悲傷的地步。

讀美並不覺得學校教室裡靠窗那排的最後一個座位是自己的容身之處。不僅如此，在父母一碰面就會吵架的家裡，不，是世界上的任何一個角落，總之在這個宇宙，乃至於整個次元，都沒有自己的容身之處。

那麼，到底哪裡才有我的容身之處？

在教室裡靠窗那排的最後一個座位上、在隱隱約約可以聽見父母互相咆哮的房間裡、在逃離這一切紛擾的地方，讀美永遠只能遁逃到書本的世界裡。

書拯救了讀美，所以讀美很感謝書。

問題是，該如何報答這份恩情才好呢？

讀美不知道該怎麼做——直到那一天。

第一章

典子老師的秘密基地

汗水從翻動書頁的指尖冒出來。

夏天就是這麼悶熱的季節。

白天很長，即使在已經放學的現在，坐北朝南的教室也還不需要開燈。位於三樓的圖書室，便是還不用開燈的其中一個教室。

讀美坐在櫃臺裡看書，蔚藍的晴空從敞開的窗戶傾瀉進來，不絕於耳的蟬鳴取代了背景音樂。

不時會有學生走到櫃臺來借書，讀美都一一用電腦處理，再把印有還書日期的單子夾在書裡，交給對方。

趁著放長假前來借書的人比平常還多。其中有不少人是無論有沒有時間閱讀，總之先借了再說，好讓漫漫長假有個伴。再加上要寫讀書心得的暑假作業，也助長了借書的風氣。而今天是暑假前最後一個上課日。

平常沒見過的學生們，正吱吱喳喳地邊和朋友聊天邊借書。當圖書室裡只剩下讀美一個人的瞬間，她對他們喳喳呼呼著離去的嘈雜嘆了一口氣。

「真希望圖書室裡可以保持安靜啊！」

脫口而出後，才驚覺自己過於小心眼，讀美甩甩頭，「不可以這樣。」對於熱愛閱讀的讀美來說，光是平常不看書的人願意來借書，就已經是一件值得高興的事。事實上，當她看到那些自己聽過書名的書被借走時，還會開心得彷彿自己受到肯定一般。讀美環視著只剩下自己一個人的圖書室，心中暗自反省，雖然不希望他們太吵，但如果他們都能因此愛上閱讀的話，吵一點又有什麼關係呢？要是因為這種小事就心浮氣躁的話，難得的閱讀時光就沒那麼平靜悠閒了。

讀美打起精神，重新讓視線落在手邊的書上。那是一本陳舊的文庫本，是年代有些久遠的外國科幻小說。她之所以會拿起這本書來看，純粹是因為書名有個「夏」字。故事內容是封閉起內心世界的主人翁與他養的貓一起穿梭在時空中，尋找屬於自己的「夏天」。內容很有趣，當她回過神來的時候，已經沉醉在文字裡了。

為了尋找與文字的邂逅，讀美把很多時間都泡在圖書室或書店裡。可以的話，她真希望能永遠待在圖書室或書店裡。因為在這裡可以不受任何人的打擾，不必在乎任何人的看法，好好地閱讀。

只是，如果問她這些地方是否有自己的容身之處，讀美恐怕也回答不上來。她是真心喜歡圖書室或書店的，但總覺得這還不是正確答案。若以手裡這本書的世界觀來說，或許圖書室和書店並不是自己追尋的「夏天」……

「咦，紙山同學，妳還在啊？」

耳邊傳來的聲音讓讀美回到現實，抬起頭來。

只見圖書教師事原典子就站在眼前，正用有些傻眼，但似乎又很佩服的眼神看著讀美。

「已經過了閉館時間不是嗎？」

「啊……真的耶。對不起，我太專心了，所以沒注意到。」

「沒關係，妳還是老樣子呢！」

典子莞爾一笑。就快滿六十歲的女老師這一笑，讓讀美想起在她小學六年級的時候去世的祖母，連忙將書籤夾進書裡，把書闔上。

為了掩飾自己的羞赧，讀美將用來固定短髮劉海的銀色髮夾重新夾好。這個髮夾是祖母留給她的，上頭有個幸運草的小裝飾。祖母說過，這是會為讀美帶來幸運的護身符。

「呃，我差不多也該回去了。可是老師，我下禮拜還可以繼續來嗎？」
「咦？好不容易放暑假了，還來這裡幹嘛？紙山同學還不用準備考試吧？」
如果是高三的學生，的確有人會利用暑期輔導以後的時間來圖書室自習。但讀美才二年級，根本還不需要特地跑來學校自習。
「因為……我沒有特別想去的地方。待在家裡的話，姊姊可能會有很多意見。」
讀美目前離開父母身邊，搬來和已經出社會工作的姊姊英子同住。英子屬於日夜顛倒的作息形態，白天會在家裡待到中午。所以讀美要是在家，英子通常都不會給她好臉色看。儘管是自己賴在姊姊家，再加上兩人的年紀相差十歲，讀美在姊姊面前根本抬不起頭來；但是姊姊挑三揀四的時候，讀美還是會忍不住回嘴，於是吵架就成了家常便飯。這點讓讀美感到十分鬱悶。
「不去市立圖書館嗎？最近不是剛蓋好一座新的圖書館嗎？」
「我去過了，可是那裡人太多，我不喜歡。」
讀美想起去過兩次的市立圖書館，不禁面露難色。那裡已經快變成遊樂園或主題樂園之類的，人滿為患。雖然因為一個月前才剛蓋好，對民眾來說還很稀奇，但已經不是可以安心閱讀的地方了。讀美打算等這股熱潮過了再去，她只想在安靜的場所看書。

「啊……典子老師，該不會是我來會造成您的困擾吧？」

「不會，才沒有這種事呢！我只是覺得難得放暑假，不該讓花樣年華的高中女生窩在圖書室裡。我不是要妳別看書的意思，但偶爾上街走走也未嘗不可啊！」

「上街走走嗎？但我就是因為放暑假才想看書……只要能在書本的包圍下，我就覺得很幸福了。」

「紙山同學，妳真的很喜歡書呢！」

典子微微一笑。讀美聽了點頭如搗蒜。

「是的，我非常感謝書。」

「感謝書？」

「因為書從以前就很照顧我。」

讀美笑著說，她不確定自己的笑容是否完美無瑕。她不想告訴典子那些痛苦的過去，只能笑著打哈哈……但總覺得笑容有點僵。

或許是從讀美的表情中感受到什麼，典子不再繼續追問下去。

取而代之的是她對讀美提出了一個建議。

「既然如此，紙山同學，妳要不要向書本報恩？」

「什麼？向書本報恩？」

天外飛來一筆的問題讓讀美一下子愣住。

「沒錯，老師知道有一個可以向書本報恩的地方喔！那裡很適合用來度過珍貴的暑假，我想妳一定可以得到寶貴的經驗。妳意下如何？」

「……如果可以向書本報恩，我倒是很想試試看。」

「那就這麼說定囉！」

典子笑嘻嘻地說，彷彿與讀美分享了一個珍藏許久的秘密。而且典子接下來的話果然是這句——

「這是老師和紙山同學之間的秘密喔！」

暑假的第一天，星期日。

聽說今年夏天將是近年罕見的酷暑，但讀美總覺得好像每年都聽到這句話，大概是氣溫一年比一年高吧！埼玉縣北部的熊谷市今年貌似又刷新了最高氣溫的紀錄，就連這個幸魂市似乎也受到這波熱浪的影響。

蒸籠般的熱氣從幾乎可以煎蛋的柏油路面傳到鞋底，悶熱的暑氣讓人感覺汗水開始不停地從毛孔裡冒出來，讀美融入從大宮站東口滿溢出來的人潮裡，沿著高樓大廈的邊邊往東北方走。人稱「武藏一宮」的冰川神社就坐落在這個方位。

穿過高樓大廈的叢林，眼前突然冒出一條綠意盎然的漫長參道。

冰川神社的參道整個縱貫住宅區，從稱為舊中山道的縣道一六四號線往南北延伸約兩公里。據說這條參道以前叫中山道。

本來就有很多人會去神社散步，所以今天雖然艷陽當空照，走在參道上的人依舊絡繹不絕於途。或許也因為這一帶種了很多樹，濃密的綠蔭遮蔽了天空吧，這裡的陽光沒有那麼毒辣。

穿過會讓人聯想到翡翠鱗片的樹冠，讀美「橫貫」了這條參道。她已經來冰川神社參拜過好幾次，但今天的目的地並不是那裡。

讀美今天的目的地是典子告訴她的某個秘密基地。

鑽進宛如樹枝般從參道岔開的羊腸小徑，再穿過左右兩邊高聳入雲的竹林。

走著走著，街道的景致幡然一變，不見宛如兩座鳥居矗立在參道入口的大樓，也不見林立在參道上高聳入雲的樹木。看樣子，參道附近是個住宅區。蟬鳴猶如海浪般發出微微的聲浪。

「這一帶變成這樣啦？」

讀美從未從參道鑽進小徑裡，不由得自言自語了起來。參道的各個角落都有不同的風景，讓人覺得很不可思議，感覺像闖入另一個世界。

讀美從短褲的口袋裡拿出前幾天典子老師寫給她的紙條，老師很貼心地把接下來的路線寫下來給她。

「呃……從這個轉角往左走，在下下個區塊往右走，然後右轉，再右轉……」

真是複雜難解的路線。由於前方的羊腸小徑愈來愈窄，讀美也愈來愈不安，簡直像是闖進迷宮裡。

左手邊是一整排長長的雪白圍牆，圍牆上隱約可見內側有排像是生長在參道上那兩排綠意盎然的樹木，圍出一塊相當大的腹地。

「順著圍牆直走……直走……」

一望無際的圍牆看來終於走到盡頭。

讀美在門前停下腳步，等門自動打開。

「接下來呢？『直接走進去』嗎？是這裡對吧？真的可以進去嗎？」

門上沒有類似門牌的東西。讀美從門口往裡頭張望，只見有一條鋪著紅磚的走道，宛如英國庭園般地通往綠意盎然的拱門裡。

讀美鼓起勇氣踩進去。

躡手躡腳地往內走，走著走著，看到一座貌似鳥籠的涼亭，裡頭有張小巧的圓桌和兩張椅子。

有個人坐在其中一張椅子上。

讀美嚇得停下腳步。

坐在那裡的是個大學生左右的男人，天氣這麼熱，他卻穿著黑色的長袖襯衫。但是讓讀美嚇到的並不是他的穿著，她的視線釘在讓她大吃一驚的原因上。

男人留著一頭漂亮的金髮，在樹蔭下閃閃發光。還以為他是外國人，但仔細一看，他的五官還是日本人的五官，所以讓讀美更想與他保持距離。

滿頭金髮的日本人……不是不良少年，就是吃軟飯的小白臉吧！不會錯的。最重要的是，男人散發出來的氣質再加上那俊俏的五官，讓人完全不敢靠近。他肯定很討厭人類，這點也是絕對不會錯的。

讀美得出這個結論後，決定假裝什麼也沒看見地走過。總覺得萬一被他纏上，事情肯定會變得很麻煩。

然而，就在這個時候。

讀美的目光宛如被吸走似地望向男人的手邊。

書……？

男人手裡拿著一本非常精美的書，光可鑑人的黑底硬皮封面上有金色的螺鈿[1]燙金，閃爍著晶晶亮亮的光輝，整個裝幀有如散布在夜空中的繁星點點。

好漂亮的書！

心臟開始怦怦跳的瞬間，正以憂鬱的表情看著書的男人抬起頭來。

兩人四目交接。

糟了……

讀美連忙把眼神移開，三步併成兩步地離開。為了不想被纏上，她小跑步地往庭院深處前進。

1. 在漆器或木器上鑲嵌貝殼或螺螄殼的裝飾工藝，一般也用於金屬和其他表面的裝飾上。

「話說回來，沒想到頭髮染得那麼誇張的人會看書……」

讀美想起剛才那個男人，情不自禁地嘟囔。因為那個人看起來不像是會閱讀的人……先別說人不可貌相，用外表來判斷一個人也不太好吧！讀美一向認為喜歡閱讀的人都不會是壞人。不過，比起那個……

「那本書好漂亮啊……到底是什麼書呢？」

想起那本書，胸口再度悸動不已。就連熱愛閱讀的讀美，這輩子也還沒看過那麼精美的書。好想再靠近一點……如果可以的話也想看看內容。早知道就試著向男人打聲招呼了。不過，她沒有這個勇氣。那個人好恐怖，完全不想和他扯上關係。啊，可是……

讀美滿腦子都是亂七八糟的念頭，她繼續往前走，一直走到綠色拱門的盡頭。

視線範圍內瞬間變成白茫茫一片——直到慢慢地習慣強光。

然後，讀美瞠目結舌。

「好壯觀……」

蔚藍的晴空下，有棟在夏日艷陽的照耀下，如教堂般閃閃發光，金碧輝煌的小巧雪白建築物。抬頭一看，只有高處有一扇窗，不踩在梯子上，就無從得見裡面的部分。

讀美不由自主地將紙條握緊在胸前，沒想到在這種地方竟然會有這麼漂亮的建築物。

讀美提心吊膽地走向門口，在門邊看到一塊小小的招牌掛在牆上。深咖啡色的木製招牌上，以銀色的文字標示出這個場所的地址和名稱。

「裏道通三番地　桃源屋書店」

讀美戒慎恐懼地推開門，往屋子裡張望。

「請問有人在嗎？」

這時，有股令人神清氣爽的沁涼微風，以及在圖書室或書店裡感受到的獨特味道撲鼻而來。讀美很喜歡這個味道，就像置身於糕餅店裡一樣散發的甜甜香氣。對讀美而言，這股二手書散發的香味，總能讓她感覺自己有地方容身。

屋子裡井然有序地陳列著無數個書架，但是沒有堆滿了書的平臺，比起書店，更像是比較時尚的二手書店。

「咦？沒有人在嗎？」

踏進去一看，屋子裡開著涼快的冷氣，黏答答地貼在身體上的汗水一下子就冷卻下來，感覺好舒服。

讀美砰地一聲關上門，重新轉向室內——

「哇！」

讀美花容失色地往後彈開。

因為腳邊有隻小狗。

不僅是柴犬中特別小隻的豆柴，還是隻幼犬，牠正興高采烈地哈哈喘氣，尾巴搖得像螺旋槳，毛色有如枯草，毛茸茸又圓滾滾的。

好可愛，可愛到快要爆炸了，活像是令人愛不釋手的絨毛玩具。

不過在把玩以前，讀美的目光鎖定在小狗的頭頂。

「書……？」

小狗頭上頂著一本墨綠色的書，而且也是用指尖就可以捏起來的小書，正是俗話所說的「袖珍書」，從下巴用繩子綁在小狗的頭上。

「為什麼頭上會有一本書……不過，很可愛就是了。」

「汪！」小狗彷彿要回答她這個問題似地，精力充沛地叫了一聲，興高采烈地加快了搖尾巴的速度。讀美蹲下來，想摸摸小狗的頭。

可是，手才剛伸出去，讀美便愣住了。

手撲了個空。

應該要摸到小狗的頭，卻像什麼都不存在似地，讀美的手只抓住一把空氣。

「這、這是怎麼回事……！」

讀美輪流看著自己的手和被手穿過去的小狗，陷入混亂。

剛才明明應該要摸到的啊！到底是怎麼一回事？

為了再確認一次，讀美慢慢地伸出手去，把掌心放在小狗的頭上。

指尖先碰到袖珍書。

書是可以摸得到，但小狗本身卻像空氣一樣，沒有存在感，宛若幽靈。

眼前一旦出現無法理解的現象，人類好像會停止思考，讀美當場就當機了。但是小狗又「汪！」地叫了一聲，讓她回過神來。

她頓時雙腿一軟。

「哇！」她一屁股跌坐在地上。

「汪！汪！」小狗在讀美身邊鬧著玩地叫個不停。

「豆太，你怎麼啦？有誰來了嗎？」

讀美茫然地看著小狗時，有個男人從裡頭走了出來。深棕色的頭髮亮度染得恰到好處，咖啡色的眼珠子看起來很溫柔。短袖的白襯衫上一絲不苟地繫著紫色的領帶，還繫上了皮帶。年紀看上去跟讀美的姊姊英子差不多大。

「哎呀，有客人來啦？妳不要緊吧？豆太有沒有嚇到妳？」

「沒、沒有，不是那樣的！」

男人露出柔和的微笑，把手伸出來，讀美趕緊站起來，端正姿勢，偷偷看著身旁的小狗。

「……不是那樣的，這隻狗……的身體……」

「哦，妳摸了豆太啦？」

男人不慌不忙地蹲下來，把手伸向他口中名為豆太的小狗，用指尖輕撫袖珍書的部分，於是小狗興高采烈地左右搖著尾巴。

「這才是本體，所以像這樣摸牠，牠就會很開心。很乖很乖。」

「是、是噢……問題不在這裡！」

男人一頭霧水地抬頭仰望讀美，小狗也一臉不解地歪著頭。

「這隻狗是怎麼回事？身體為什麼是透明的？」

讀美指著小狗驚聲尖叫。

她從沒看過這種生物，這種事怎麼可能發生？害她的腦袋都快要炸開了。再不給她一個答案的話，她就要瘋了。

「咦？妳沒聽說過『幻本』嗎？」

男人眨了眨眼睛，一副沒想到她居然不知道的模樣。讀美反問：「幻本？」她還真的沒聽過這兩個字。

「呃……是有人介紹妳到這裡來的對吧？」

「是、是的。是個名叫事原典子的人……她是我們學校的老師。」

「哦，事原老師啊！請進請進，讓我來告訴妳幻本和這家書店的事。」

「好的……」

讀美心驚膽戰地跟著站起來的男人和小狗走進書店。

男人說他的名字叫做棚沖並，今年二十六歲，是這家書店的老闆。興趣是從日本各個角落收集書——而且還是那種人稱「幻本」的書。當這個興趣繼續升級，最後便開了這家書店。

然而，讀美心裡有個難以理解的大問題，幾乎讓她對他的自我介紹左耳進、右耳出。

「那個，請問這裡是書店嗎？」

讀美走進店裡，一邊臉部肌肉有些痙攣地問道。豆太在腳邊「汪！」了一聲。

「是啊。」

「……那怎麼會是這種狀態呢？」

架上的確陳列著書本，看上去都是些二手書。

而且那些二手書的書況還不錯，看樣子都有記得定期拿出去曬太陽，被好好地保存著。

問題不在這裡。

「書店裡充滿了動植物，不會很奇怪嗎？」

讀美看著周圍大叫。

各式各樣的植物爬滿從腳底延伸到天花板的牆壁上，各式各樣的動物在牆上跑來跑去。不只是像豆太這樣的狗，還有鳥、老鼠、貓、兔子，甚至連蝙蝠及爬蟲類都有。這些動物在店裡昂首闊步，嚇得讀美握緊了拳頭。這裡到底是植物園還是動物園啊！而且這樣不會把書弄壞嗎？溼氣可是書的大敵！

讀美不由得有些火大，並卻只是平靜地微笑著說：

「陳列在書架上的全都是幻本喔！」

「……這句話完全沒有回答到我的問題。」

讀美狐疑地瞪著笑咪咪的並。

「那我就從頭說起好了。」並耐心回答：「所謂的幻本，指的是有生命的書。」

「有生命的……書？」

讀美鸚鵡學舌般地反問，並乾脆地點頭。

豆太露出「我來帶路！」的表情，搖著尾巴，走在讀美前面。書店的最裡面有個L型的櫃臺，並走進櫃臺裡，要讀美坐在櫃臺外側的椅子上。

「沒錯，靈魂本來應該像這樣棲息在肉體裡。」

並指著自己說。

「但是偶爾也會有靈魂棲息在書裡，這種書就叫做幻本。」

有隻貓坐在櫃臺上，並輕撫著貓背上的書。

「對於棲息在幻本裡的靈魂而言，書是肉體的代替品。我們看到的是他們的靈魂本來應該要有的樣子。所以就算想撫摸他們，也摸不到書以外的部分，就像立體影像那樣。就拿豆太來說好了，袖珍書才是牠的本體，這隻貓的本體則是牠背上的小型書。」

「喵……」貓回應了一聲。讀美目不轉睛地觀察那隻貓，不論從哪個角度看，除了背著一本書這點比較奇怪以外，就只是隻普通的貓。但是當她伸手去摸，卻只抓到一把空氣。貓咪逃也似地從櫃臺上飛奔離去。

「還有，至於靈魂為何會依附在書裡，有人說是因為書這種東西裡頭有個自成一格的世界，但事實如何沒人知道。畢竟知道有幻本這個存在的人本來就很少了，所以也無從研究……」

「真不敢相信……」

讀美對並的解釋有聽沒有懂，無法坦然地接受發生在眼前的事。是在作夢嗎？還是有什麼巧奪天工的立體影像裝置安裝在哪個角落呢？讀美不禁疑神疑鬼地四下張望。

「沒有那種裝置喔！」

「並、並先生，你會讀心術嗎？」

並苦笑著搖搖頭，讀美被堵得說不出話來。

「不是的。只是每個初來乍到的客人都會有同樣的疑問，讀美小姐也露出了同樣的表情。但一切就只是我說的這樣，當然也沒有什麼立體影像裝置。」

心中所想完全被看透了，讀美有些尷尬。或許他也看穿自己認為他在說謊的想法，讀美只好道歉：「對不起。」

並微笑著說：「別放在心上。做我們這一行的，這種情況見得多了。而且也難怪妳不相信。因為就連我，一開始也跟妳一樣，認為世界上不可能有這種夢幻般的書。」

這句話讓讀美稍微卸下幾顆壓在心上的石頭，也對他產生一股親近的感覺。

「更何況，我很可疑對吧？」

「咦？」

「經常有人這麼說我。」

欽嘿嘿——並笑著打哈哈。從他的表情看不出這句話曾讓他感到受傷，反而有些竊喜的模樣。

讀美再次巡視書店。

了解「箇中玄機」之後，這裡就成了一個充滿魅力的場所。書是有生命的。光是想到自己可以待在這種地方，就覺得不可思議到了極點，心情十分雀躍。

如果在這裡，或許真的辦得到——向書本報恩。

「所以呢？在事原老師的介紹下，妳就找上門來了？看來妳並不知道幻本的事，應該不是來買書的吧？」

並詢問雙眼放光地看著陳列在架子上的書和動植物們的讀美。讀美回頭看著站在櫃臺內側的並回答：

「不是，是我對老師說『我想向書本報恩』，老師才介紹我來這裡。她說這裡正在召募打工的人手，問我願不願意利用暑假的時間在這裡打工。」

「打工……啊，打工！我想起來了，我的確不經意地跟事原老師提過這件事。」

你這個人也太漫不經心了吧！讀美心想，但還是默默地聽他說。要是這件事就這麼不了了之，她可受不了。

「我經常要出去尋找幻本，所以店裡時常唱空城計，正在召募可以在我出門的時間幫忙顧店的人。沒錯沒錯，是有這麼回事。我也跟事原老師提過這件事呢！」

啊哈哈——並的笑聲讓讀美感到十分不安。這個人不僅漫不經心，似乎還很健忘。這種人當老闆，這家店不要緊嗎？

「所以妳是想利用暑假過來打工對吧？這是間特殊的書店，妳可以接受嗎？」

「當、當然可以！我只是嚇了一跳……能被這麼不可思議又神奇的書本們包圍，好像在作夢一樣。」

「這裡是個好地方吧？」

「是的，真是家『世外桃源』般的書店呢！」

讀美的回答讓並有些另眼相看地挑眉。

「哦，妳知道這個店名的由來嗎？」

「桃源……意思是指『美好的地方』對吧？印象中好像是《古事記》[2]裡倭建命[3]所吟誦的〈思國歌〉[4]裡出現的名詞。」

2. 日本最古老的歷史書。
3. 日本神話故事裡的古代皇族，又被稱為「日本武尊」。
4. 抒發懷念故鄉、故土情緒的和歌。

「妳說得沒錯。不過，這個店名還有另一個意思喔！」

「另一個意思？」

「是的。」並微微頷首。「寫成夢幻場域的『幻域』。」

聽聞這個說法，讀美恍然大悟。幻域，這兩個字的確也很適合這家店的氣氛。

「不過，這是我自己想出來的解釋就是了。」

「是你自己想出來的嗎？」

讀美一下子全身沒力，她還以為真的有這個單字。

「不是我老王賣瓜，自賣自誇，這裡真的很棒，就算不領薪水也能工作得很開心吧？」

「咦？呃，這就有點……」

「開玩笑的啦！」

並笑著說。但讀美還是搞不太清楚，他到底是在開玩笑還是認真的。

「妳想向書本報恩嗎？」

「是的……那個，很奇怪嗎？」

讀美臉上浮現出不安的表情，並搖搖頭說：

「不會啊。讀美小姐，妳很喜歡書吧？」

「對、對呀，那當然！我最喜歡書了！」

「妳被錄取了。」

「什麼？」讀美發出狀況外的高音。

並笑咪咪地說：「如果是喜歡書的人，應該就能和這裡的書本相處融洽吧！妳被錄取了，讀美小姐。可以從明天開始上班嗎？」

「好、好的！」

急轉直下的發展令讀美喜出望外。居然能在這麼美好的地方工作，這不是在作夢吧！

「那就請妳多多指教了。」

「我、我才要請你多多指教！」

就在讀美滿口答應，正要握住並伸向她的手時——

有人推開書店的門，走了進來。

讀美發出「啊！」一聲。

是剛才在庭院裡看到的金髮男子，只見他正抱著那本美麗的書走過來。豆太歡天喜地地衝上前去。

「朔夜，你又跑出去啦？為了你自己好，最好不要讓門開開關關的。還有，外面太陽很曬。」

「有什麼關係，這是我的自由。」

名為朔夜的青年跟著豆太走到櫃臺前，直勾勾地盯著讀美看。冷冰冰的灰色瞳眸讓讀美「唔！」地全身緊繃。好可怕，她果然很不會應付這種人。

「……客人？」

「不是，她從明天開始在這裡打工。」

「打工？」

直勾勾的視線變成惡狠狠的眼神，朔夜觀察似地打量著全身寒毛倒豎的讀美，從鼻子裡發出「哼！」地一聲冷笑。

「店裡有我就夠了。不需要這種小丫頭吧。」

……小丫頭？不需要？

「朔夜，我告訴過你幾次了，要你講話客氣一點。對讀美小姐太失禮了吧！」

「是誰失禮啊？想也知道肯定是受到好奇心的驅使，才會想要在這裡工作吧？我最討厭這種抱著劉姥姥逛大觀園的心態來工作的人了。」

讀美坐在椅子上，咬緊下唇。

金髮男毫不客氣的話深深地刺入她沒有防備的心。衝擊來得太過於突然，就像走在路上突然被捅了一刀。

同時，受傷的心也開始反抗。

對他的恐懼和避之唯恐不及的感覺正一點一滴地轉變成怒氣，讀美握緊膝蓋上的拳頭。初次見面的人憑什麼這樣說她？憑什麼對她說出這麼過分的話？

「……那你又是什麼東西？」

讀美忍不住反唇相譏。只見朔夜的眉頭打了個死結。

「並先生，這個人也是店員嗎？如果是的話，那我不做了。因為我沒自信和個性這麼差的人當同事。」

這裡的確是很美好的地方，但是她可受不了整個暑假都要和這麼沒禮貌的人共度。

「好啊，不喜歡就給我滾。像妳這樣的小丫頭，願意滾蛋我還真是求之不得。」

「住嘴，朔夜！讀美小姐，別擔心，他不是店員。」

「……那他是幹嘛的？」

讀美輪番瞪著朔夜和並。

並以滿面的笑容回答：

「他也是書。」

這句話讓讀美發出目瞪口呆的驚呼聲：「什麼？」她滴溜溜地眨著雙眼，輪流看著並和朔夜。

「書？」

「是的。正確的說法是幻本裡的『書中人』，是這家書店的商品。」

「不准你說我是商品！你這個外表天真、內心狡詐的老闆。」

「外表天真、內心狡詐嗎？謝謝。承蒙你這麼看得起我。」

「我可不是在稱讚你喔！」朔夜懶洋洋地說。但並似乎一點也沒放在心上，還是笑嘻嘻地說：

「有什麼關係，你是我花錢買來的，本來就是商品啊。商品居然自作主張地離開書架跑出去……老闆好傷心啊。」

「誰要乖乖地待在書架上啊！我也有自作主張的權利吧！」

朔夜理不直氣壯地把臉轉向一邊。讀美看著這樣的朔夜，再次眨了眨眼。

「……你是書嗎？」

視線落在朔夜的手裡。

如果他是幻本裡的人，那麼這本美麗的書就是他的本體了，宛如繁星閃爍的夜空。換句話說，他就是棲息在這本書裡的人。

「是又怎樣？妳要同情我沒有肉體嗎？」

「太棒了！讓我看！」

「什、什麼？」

朔夜發出傻眼的驚呼聲。這也難怪，因為相較於朔夜的問題，讀美心裡想的、嘴裡說的完全是另一回事。

「讓妳看？妳要看我的本體嗎？」朔夜瞇起眼睛問讀美。

「沒錯！」

「才不要。」

「別這樣說嘛！」

讀美想要握住朔夜的手，卻無法摸到他的手。輪流看著朔夜和自己穿過他的身體的手，讀美臉頰潮紅。

「是真的耶！」

也有會幻化成人形的幻本啊！

也就是說，可以和書說話！

讀美激動得渾身發抖，朔夜則露出無法理解的表情。

「這傢伙是怎麼回事啊？感覺好噁心……」

「並先生，我要在這裡工作！一定要！」

「什麼？妳是認真的嗎？」

「我是認真的。請多多指教，朔夜。」

「妳幹嘛直接喊我的名字！我跟妳有這麼熟嗎……」

「隨時都可以，請讓我看這本書！」

「我都說我拒絕了。」

讀美心花怒放地手舞足蹈。相較之下，朔夜則是露骨地表現出不耐煩的表情，嘟嘟囔囔地叨唸著：「……呿！開什麼玩笑。」

「那就拜託妳啦！讀美小姐。」

「沒問題！」

讀美對並的請託用力點頭。

袖珍書豆太興高采烈地在讀美和朔夜的腳邊「汪！」地大叫一聲。

第二章

夏季！夏季！打工季節！

「打工？讀美嗎？」

在從桃源屋書店回家的路上。

手機那頭傳來的聲音裡充滿了「真想不到」的意味。

對方是她高中的朋友——紡野文香。上次像這樣東拉西扯地聊天不過是昨天結業式結束，放學後在某家咖啡廳吃聖代的時候，根本沒有久別重逢的感覺。

儘管如此，讀美還是覺得她的聲音有些懷念，大概是因為去過那家不可思議的書店吧！讀美剛從那家販賣有生命書本的書店離開，漫步在住宅區，終於有點回到現實的感覺了。

「沒錯，從明天開始，我要去書店打工，希望能多少在家計上幫姊姊一點忙。」

「原來如此。書店啊……那我就能理解了。」

「什麼意思？」

「沒什麼，因為讀美給我的感覺不像是會打工的人，比較像是去看書的。」

朋友一語中的，讀美沒辦法否認。老實說，比起打工，讀美更想把時間花在她最喜歡的閱讀。但是如果可以在那家書店打工的話，一切又另當別論了。

「嗯，這麼一來，妳暑假不就會很忙嗎？不過，偶爾還是可以見個面吧？」

「那還用說，我又不是每天都要打工。一個星期排五天班，還是有休假。」

「那就好。改天再去那家咖啡廳吃聖代吧！太久不見面的話，我體內的讀美成分會流失殆盡。」

那是什麼成分啊？讀美在內心苦笑。

「可以啊，改天再去吧。在那之前可以先把原稿寫出來嗎？」

「當然！我會先把短篇的原稿準備好，交給妳過目的！」

「了解。既然如此，下個禮拜天如何？」

「欸！讀美大人，您還真是說風就是雨啊！」
「咦？寫不出來嗎？大師。」
「我、我會想辦法搞定的！」
讀美噗哧一笑。
「我可是很期待新的發展喔！那就下禮拜見啦！」
讀美這樣說完，結束與朋友的通話。
文香是她上高中後才交到的朋友，和自己同班的她，年紀輕輕就很認真地立志要當個作家。兩人的交流始於她在圖書室裡主動向讀美搭訕：「妳喜歡看書嗎？」她經常會讓讀美看她寫的作品，讀美也會告訴她自己的讀後感，久而久之，讀美和她的感情就變好了。
朋友。
差不多可以稱對方為好朋友了吧——讀美心想。文香似乎從以前就認為讀美是她的好朋友，是讀美自己還沒有作好心理準備。「好朋友」——萬一說出口才被對方打槍……那該有多麼寂寞啊！
之所以會這麼想，無非是因為以前確實發生過被打槍的事。
讀美之所以這麼好強，也是因為如此。因為她必須鼓舞自己被孤獨追著跑的心，因為她必須保護自己……

事情發生在讀美的世界裡還只有善意的時期。

「妳們為什麼要對我視而不見呢？」

讀美開始察覺到不對勁，是在國一的文化祭[5]結束沒多久的時候。從那個時候開始，身邊的朋友們逐漸擺出不認識讀美的樣子。到了學期末的時候，讀美終於鼓起勇氣，問了放學後唯一還留在教室裡的女生。

「……抱歉，讀美。有人叫我們不要跟妳說話。」

「是誰……？」

她猶豫再三地告訴讀美那個非常殘酷的答案。

「大概……是妳最好的朋友。」

聽到這句話的瞬間，讀美覺得身體從五臟六腑開始一寸一寸地凍結。

她不相信。那個對自己露出笑容的人、稱自己為好朋友的人，竟然是一連串排擠事件的首謀，不可能會發生這種事——她拚命地想要說服自己。

問題是，當時那個女生也毫無例外地對她不理不睬，只是用嘲笑般的視線、以彷彿看到什麼髒東西的視線，漠不關心地瞅著她。

在那之後又過了兩年的時光，迎來了國中的畢業典禮。

那個女生笑著對讀美說：

「我最～討厭妳那種『我會努力！』的態度了。抱歉啦！」

什麼「抱歉啦」！事到如今才向她道歉，是希望她說什麼呢？讀美纏成一團亂麻的腦筋再怎麼思考，依舊無法理解眼前的狀況。

不過，只有一件事是可以肯定的。

那就是讀美視對方為好友，但是看在對方眼裡，別說是好朋友，讀美甚至連朋友都稱不上。

「——都已經是那麼久以前的事了。」

讀美喃喃自語地想要說服自己。從冰川神社的參道走向神社的方向，過去從掀開蓋子的記憶之匣裡蠢蠢欲動地探出頭來。讀美每往前走一步，都要用力地把那些記憶死命地塞回匣子裡。

文香是個好朋友，這件事讀美比誰都清楚，心裡的聲音也一再地告訴自

5. 日本校園類似校慶、園遊會的活動。

己，沒什麼好怕的。但讀美還沒有足夠的勇氣，不顧一切地投入文香的懷抱裡。她很害怕，萬一不希望發生的「萬一」又發生了，自己又會受到傷害，又會變得孤零零的。

「膽小鬼……」

彷彿在參道前方驚慌失措地飛起逃離的烏鴉身上看到自己的影子，讀美喃喃自語著。這條參道上有很多烏鴉，冰川神社的森林恐怕就是牠們的巢穴吧！

既然都走到這裡了，讀美想順便去神社參拜一下，為從明天開始的打工祈福，希望人生第一次的打工能一切順利。

或許是因為太陽稍微西斜了一點，參道上的暑氣比剛才經過的時候收斂了些。涼風徐來，樹葉嬉笑般地迎風搖曳，降低了走在參道上的行人體溫，讀美也心曠神怡地瞇起雙眼。

長長延伸的冰川參道上有三座鳥居，由外而內分別是位於從舊中山道岔開的參道入口的第一鳥居、位於縣道二號線與參道交界處的大宮站附近的第二鳥居，以及境內入口的第三鳥居。

讀美穿過三座鳥居，走入境內。跨過橫跨於神池上的紅橋，在前方的手水舍[6]停下，依照參拜的基本做法，洗手、漱口，走向正殿。

正殿的四根柱子撐住宛如自空中滑落的屋頂，讀美從口袋裡掏出五圓硬幣，投入設置在正殿入口的香油錢箱。這座神社並未掛出搖鈴，所以讀美只行了二禮二拍一禮[7]，在心裡默禱。

請保佑我打工一切順利。

冷不防地，腦海中閃過那個金髮的幻本青年。讀美閉著眼睛，皺起眉頭。

……**請保佑我也能和那傢伙相處愉快。**

讀美睜開雙眼，又鞠了一個躬，便離開正殿。覺得最後這個心願不實現也沒關係，跟他處不好也無所謂，她只是不想留下不愉快的回憶。既然都要工作的話，還是希望能工作得開心一點。

——讀美決定去打工以後。

朔夜老大不高興地抱怨一番，頭也不回地回到書架上。當他把本體的書插回架上時，金髮的青年倏地消失。那有如逃進書架裡的舉動，讓讀美覺得

6. 蓋在日本神社或寺廟前的涼亭，設有石造洗手槽，供參拜者洗手、漱口之用。
7. 先行兩次禮，拍兩下手，再行一次禮。

黯然神傷，朔夜似乎就連跟自己多說一句話也不願意。

毫不掩飾的忽略，刻意避開自己的人們——想起那段塵封已久的記憶，胸口依然隱隱作痛，那是尚未完全痊癒的傷口。光是想起，就能感覺傷口還在化膿，疼痛愈來愈劇烈。

「……忘了剛才的事吧！悶悶不樂可是會把神明嚇跑的。」

讀美打起精神，走向販賣護身符的地方，付了一百圓，抽了一支籤。

冰川神社的籤沒有從大吉到大凶這種吉凶的順序，聽說是因為運氣無從比較，取而代之的是琳琅滿目的運勢種類，也有「平」這種司空見慣的運勢。平既非吉也非凶，剛好是介於吉凶之間的運勢。

讀美抽到的籤正是這種平籤。雖然並不常見，但也不是特別值得高興的籤，所以讀美決定把籤綁在籤架上[8]。自己的東西一增加就會挨姊姊的罵，說是害房間變小了，所以讀美盡可能只留下可以留下的東西。

然而，她遲遲無法將籤詩綁到籤架上。

原本摺的方法就很隨便了，又抓不準力道，籤詩已經有一邊變得破破爛爛的，而且還一而再再而三地掉到地上。讀美每次都會破口大罵：「搞什麼！」撿起來再接再厲。

一言以蔽之，讀美是個笨手笨腳的女孩。而且不是普通的笨手笨腳，是非常笨手笨腳。其他人不費吹灰之力就可以搞定的事，對讀美來說卻比登天還難。讀美的姊姊對她的笨手笨腳所下的評語是：「被下了笨手笨腳的詛咒」。

「真是氣死我了……這樣總行了吧！」

苦戰惡鬥一番，讀美總算把籤詩綁上去。她大大地鬆了一口氣，揚長而去。

至此，讀美終於完成平常來神社會做的事。一方面是因為習慣了，但讀美之所以如此熟悉神社的參拜流程（除了綁籤詩以外），是因為神社也是讀美在中學時代的避難所之一。

老家那種鄉下地方根本沒有稱得上是圖書館的場所，每當學校圖書室不開放的時候，讀美就會去神社打發時間。一手拿著書，坐在安靜的長椅上閱讀。

既不是讓她自覺受到排擠的教室，也不是不曉得父母什麼時候又會吵起

8. 日本人抽到凶籤時，會把籤詩綁在籤架上，不把凶籤帶走，藉此請神為自己改運。

來而提心吊膽的家裡，當時還是國中生的讀美選擇了神社……或許是因為感覺那裡存在著某種肉眼看不見的東西，某種願意包容自己，願意陪伴著形單影隻的自己的東西。或許只是幻想，但這種不明確的存在確實拯救了她。

升上高中，搬來跟姊姊住以後，她就很少再來神社了，因為不需要。教室裡沒有人會當讀美是空氣，姊姊家裡也沒有鎮日吵得不可開交的父母。雖然姊姊很囉嗦，但還在可以忍受的範圍內，所以她也鮮少會來這座冰川神社。

只不過，像這樣久久來一次，她還是會想：自己還沒找到真正的容身之處。

讀美心裡很清楚，自己的處境已經比從前好多了。但不管是在高中的教室裡、圖書室裡，還是姊姊的家裡……她還未找到能讓自己安身立命的地方。

所以她一直在尋找自己的容身之處。

能讓自己安身立命的地方。

讀美背對正殿，走向來時的參道，一邊不經意地想到，倘若那家桃源屋書店能成為自己的容身之處就好了。就算只有暑假這段期間也無妨，要是那裡能成為自己安身立命的地方就好了。

因為，除了報恩以外，她還抱著淡淡的期待。

自己即將把高中二年級最珍貴的暑假花在那個地方，對那裡有所期待應該還不至於遭天譴吧！

讀美站在參道上回頭，凝望著通往桃源屋書店的羊腸小徑。

第二天起，讀美開始在桃源屋書店上班。

「我想拜託讀美小姐在我外出的時候幫忙顧店、整理書、打掃店內……撢撢灰塵之類的。」

並帶著她在店裡走來走去，向她說明雞毛撢子等掃除用具放在櫃臺後面。才剛把雞毛撢子拿出來，豆太就衝上去玩，因為沒有實體，只見粉紅色的肉球透明地穿過雞毛撢子。看到牠那個模樣，讀美忍不住微笑。並在胸前合掌，對她說：

「還有一件事想拜託妳。」

「什麼事？是我能力所及的事嗎？」

「想請妳修補書本。」

「修補書本嗎？」

「是的。因為幻本很多都是頑皮的孩子，很容易造成本體的損傷，所以必須靠人力來修補。啊，我會教妳怎麼做的，妳不用擔心。」

並用比昨天輕鬆幾分的口吻說道，但讀美的表情卻僵在臉上。

「你所謂的修補，指的是把破掉的頁面黏好、把壞掉的封面修好對吧？」

「照這樣聽來，妳對修補很有概念嘛！一般人聽到修補，還以為是要去學校補課呢！」

「因為我姊在圖書館裡做的就是這件事……」

讀美的姊姊英子是大學圖書館的圖書館員。大學圖書館裡珍藏著市面上再也買不到的絕版書，所以英子貌似每天都要修補書，讀美偶爾會聽英子提起工作上的事。

「既然如此，就不用再從頭講解了吧。」

不，不是這個問題……並對讀美的搶白充耳不聞，邊說：「妳實際看過修補作業嗎？」邊從櫃臺裡拿出一本書，放在桌上。那是一本很普通的精裝本。

看樣子，這也是幻本。讀美發現書旁邊有隻兔子，兔子一邊的耳朵缺了一角。書破損的部分似乎會原封不動地呈現在受傷的肢體上。

「沒看過。」讀美回答並的問題。並準備好插著毛筆的筆筒、裝在綠色軟管裡的糨糊、木工用的白膠、裝水的碟子等工具，拉過椅子，坐在幻本前。

「我來教妳。剛好這本書破了，我示範給妳看。」

並翻到書本破損的那一頁。

只見書的一角，俗稱「摺角」的部分破破爛爛的。

「書破掉的時候，有人會趕緊用膠帶黏起來，但那樣對書其實不太好呢，會加速紙的劣化。為了避免紙張提早劣化，要用這些工具來修補。」

並用美工刀將烘焙紙切成十公分見方的紙片，墊在破掉的地方。在兔子憂心忡忡的注視下，並把破破爛爛的部分在烘焙紙上細心對齊，再塗上用水將糨糊與白膠調合而成的綜合膠，依序貼合。

最後再把烘焙紙對摺，蓋住修好的部分，用力地把書闔上。

「好了，大功告成，很簡單吧？」

行雲流水般的動作令讀美大開眼界，整個時間還不到五分鐘。

問題是……

「不行，我想我無法勝任……」

「為什麼？」

「因為我超級笨手笨腳的……」

讀美想起昨天奮鬥了半天才綁好的籤詩，下意識地避開並的視線。回過神來，指尖已經變得冷冰冰的。

「別擔心，不用那麼神經質也沒問題的。這種事只要習慣就能做得很好了。」

「那個……請問有不要的紙嗎？」

「這個可以嗎？請用。」

並遞給讀美一張正方形的便條紙。讀美接過，在櫃臺開始摺起來。比起口述說明，她認為直接做給他看比較快。讀美小心翼翼地摺著紙。為了摺出心目中的那玩意兒，她每一個動作都不敢輕忽大意，繃緊了神經，全神貫注地摺紙。

「好了……！」

讀美把花了比並的修補時間還要久才摺好的東西放在櫃臺上說：「如何？」並呆若木雞地看著縐巴巴，幾乎已經變成一團紙屑的便條紙。

「呃……這是什麼？」
「這是鶴！不折不扣的紙鶴！除此以外什麼都不是！」
「這個嗎……」
看到那團橫看豎看都不像鶴的紙屑，並貌似明白讀美的意思了。
「這樣啊，這麼笨手笨腳啊。」
見並臉上浮現苦笑，讀美無精打采地點點頭。
「我從小就笨手笨腳，勞作和美術的成績永遠都是最低分，家人也不讓我拿針線或做菜，因為我會把一切搞砸……」
好不容易摺好的千羽鶴，收到的人根本連數都懶得數。為心儀的對象製作不織布的玩偶時，做到都流血了，對方卻以「我才不要這種詛咒娃娃」為由拒收。描繪的肖像畫被評為「沒有任何藝術價值的孟克的吶喊」，用木頭製作的工藝品則被說成是「不知道要用在什麼地方的時代錯誤遺物」。因為使用刀片而在指尖留下無數的傷痕、至今仍綁不好的蝴蝶結……光是回想就令人毛骨悚然的記憶，多如恆河沙數。昨天綁得破破爛爛的籤詩還算是好的了，被她扯斷的籤詩可不只一、兩張而已。
「換句話說，妳本身也不太擅長這種事吧？就像摺紙，妳應該也很少摺吧？」

讀美承認，也只能承認了。

於是，並把毛筆塞進讀美手裡。讀美愣了一下，看著並。

「你、你想做什麼？」

「妳試著做做看。」

「什麼？」

「當然要先好好地練習一番啦！不要緊，沒有人一開始就能做得得心應手的。我說過吧？這種事只要習慣就能做得很好了。反正在顧店的時候、打掃完的時候都很閒，妳就利用這些空檔來練習吧！只要花上一個月的時間，肯定會進步的。」

「可、可是……」

「那就把練習修補也列入工作的一環好了，這麼一來，妳就非做不可了吧？」

「唔……可是，由我修補的話……」

……原本還不算太糟的書真的會被我弄壞。

見讀美把話吞回肚子裡，並微微一笑。

「要是妳願意幫忙修補的話，我會很感謝妳的，可以請妳試著努力看看嗎？」

這句話溫柔地從背後推了她一把，但讀美還是無法乖乖地點頭，一臉為難地瞪著毛筆。

「別傻了，並，那傢伙鐵定辦不到的。」

就在這個時候，耳邊傳來熟悉的聲音，讀美抬起頭來。

定睛一看，那個金髮青年朔夜就站在櫃臺外側。和昨天同樣，懷裡抱著本體的幻本。

「……你剛才說什麼？」

「說妳辦不到。」

「喂，你憑什麼擅自幫我決定……！」

「我憑什麼？明明是妳自己一直在那邊吵說妳辦不到的不是嗎？」

「辦不辦得到由我自己決定！」

「雖然一點都不重要，但是可以請妳決定一下嗎？」

「辦不到——才怪！」

讀美握緊毛筆，斬釘截鐵地說。老實說，她心裡還是覺得辦不到，但又不想順了朔夜的心意，想挫挫他的銳氣。可以的話，希望能以高高在上的表情對他說：「看吧！誰教你狗眼看人低的！」

「是嗎？那就隨便妳了。我倒是很想見識一下妳能做到哪個程度？」

哼！朔夜沒興趣地從鼻子裡冷哼一聲。相較之下，並則是滿心歡喜的模樣。

「很好。既然妳有心嘗試，那就趕快開始吧！」

「現、現在就開始嗎？」

「反正今天也沒有其他事要麻煩妳。請等一下喔！」

並邊說邊走進櫃臺後面的房間裡。

過了好一會兒，他拿了幾本書回來。

「用這個練習吧！」

「這是……幻本嗎？」

「不是，這是『骸本』。」

又是一個沒聽過的陌生名詞，讀美反問：「骸本？」

「骸本是指原本棲息在幻本裡的靈魂已經離開的書。」

並把書放在櫃臺上解釋。

在這之前，一直在讀美等人腳邊追著自己的尾巴玩的豆太突然安靜了下來，發出「嗚！」的叫聲；還垂下耳朵，抬頭看著那本書，一臉悲傷的樣子。並無限愛憐地輕撫豆太的頭。

「……幻本也有死亡的概念喔！當破損得太過分、劣化得太嚴重，就會跟人一樣死掉——說得簡單明瞭一點，骸本就是幻本的屍體。」

「屍、屍體?!」

「啊哈哈，說法聽起來很聳動，但實際上就跟普通的書沒什麼兩樣啦！只是要扣掉重量的問題。」

「給妳。」並遞給她一本骸本。讀美接過，嚇了一跳。好輕，輕得像是中空的書。感覺就像是拿著曬乾的絲瓜或胡瓜，讓人總覺得少了點什麼。

「妳聽過靈魂也有重量的說法嗎？以前美國的醫生測量過，提出人類的靈魂重量為二十一公克的論述。」

「……那是真的嗎？」

讀美認為那是沒有根據的說法。話說回來，靈魂這麼虛無縹緲的東西，是要怎麼測量重量？並似乎也察覺到讀美的心思，語帶玄機地說：「天曉得呢。」

「但是好像真的做過這樣的實驗喔！聽說實驗內容是測量人類的體重在死亡瞬間的變化。雖然還不確定靈魂是否真有重量，但屍體的確比生前輕了二十一公克——也就是說，這二十一公克相當於靈魂的重量。」

所以骸本才會那麼輕，所以才會感覺裡面是空心的，所以才會覺得好像少了什麼。讀美上下搖晃著，試圖確認手裡那本骸本的重量。果然很輕，像個空盒子。

「……所以你打算怎麼處理這些骸本呢？」

「讓妳用這個來練習修補。」

「可是這個不是屍體嗎？用這個當練習，該怎麼說呢，心裡有點過意不去……」

「嗯，會有點不舒服吧！可是，幾乎所有的骸本都已經沒辦法看了。既然如此，不如讓它們為幫助還活著的幻本活下去出一份力。就像人類為了醫學的進步也會解剖屍體……朔夜也是這麼想的吧？」

「問我幹嘛？跟我又沒關係。」

並說得冷酷，朔夜則是沒好氣地回嘴，走向櫃臺的右手邊，在後面停下腳步。

讀美用視線追逐著他的背影，小聲地問並：
「那個，我有件事很好奇。」
「什麼事？」
「那個是神壇吧？」
在朔夜面前、牆壁的凹陷處，有個宛如西洋迷你神殿的擺設。書店裡竟然有神壇，讓讀美覺得很匪夷所思。是祈求客似雲來、財源廣進嗎？讀美還沒想出個結論來，已經看到朔夜雙手合十，正在祈禱的模樣。
「要說是神壇也可以啦！畢竟那裡的確是神居住的地方。」
「神……嗎？」
「沒錯，這家書店的神。話雖如此，但神也是幻本，只是具有不可思議的力量。」
「不可思議的……力量？」
「沒錯，其實……」
「並，那傢伙只是為期一個月的打工妹吧！最好不要告訴她那些有的沒的。」
朔夜走回來釘了並一下，並沉默下來，若有所思地看著半空中，心領神會地說：「說得也是。」讀美自討沒趣。只是為期一個月的打工妹……雖然是事實，但就像把她當外人似地，令人火大。

讀美瞪了朔夜一眼，朔夜當沒看見，自顧自地走向書店門口。豆太亦步亦趨地跟在他背後。

「朔夜，你該不會又要出去了吧？」

「我又不會跑得太遠，你這麼大驚小怪的話，我會很有壓力的。」

朔夜說完，用本體的幻本靈巧地把門打開，和豆太一起出去了。看樣子幻本只能干涉書本本體接觸到的地方——亦即可以利用幻本來接觸、移動別的東西。這麼說來，會有重量也是理所當然嗎？雖然很不可思議，但現在比起那種事……

「……並先生，那傢伙真的很討人厭！」

讀美目送朔夜的背影走遠，忍不住喃喃抱怨。

「啊哈哈，每個和朔夜說過話的客人都這麼說，讀美小姐也這麼想嗎？」

「沒錯，一想到能和書變成好朋友，我也很期待……但只有那傢伙例外。」

「說得也是，妳會這麼想也是沒辦法的事。但是，豆太倒是很清楚，那傢伙也有他的優點喔！」

「什麼？」

並看到讀美明擺著不信的表情，噗哧一聲笑了出來。他挑了挑眉，丟下一句沒什麼建設性的話：

「不過，還是請你們好好相處喔！」

「……話是這麼說沒錯。」

讀美從大宮站跳上埼京線，搭了幾站，在最近一站下車。走在回家的路上時，她下意識地喃喃自語。

沿著宛如骨牌般建築物林立的住宅區筆直地往西前進，夕陽將天空染成一片火紅，夜風開始中和起悶熱潮溼的暑氣。

讀美在那之後有樣學樣地用骸本練習修補書本。正確地說，是接受並的指導，明天才開始輪到她自己練習。

除了修補以外，讀美還學著怎麼顧店，有人上門買書的時候該怎麼處理等等。因為遲早要一個人顧店，所以讀美還很認真地做了筆記。

雖說只有讀美一個人——但朔夜似乎總是待在書店的範圍內。

討論到如果有人要買朔夜的幻本，並提出的金額差點讓讀美的眼珠子掉出來，難怪朔夜會乖乖地任並擺布。順帶一提，現階段除了他以外，這家書店的商品中，還沒有另一本會幻化成人形的幻本。

「要是能和那傢伙打好關係，我也會輕鬆許多呢……」

聽說朔夜是在三年前來到這家書店的，對店裡的事知之甚詳。如果並不在的時候可以向他請教工作上的問題，不曉得該有多麼安心啊。

問題是他的態度……光是想起，讀美便不禁皺起眉頭。

「明明長得那麼帥，真是太可惜了。真的太可惜了。」

要是性格能再好一點，可就堪稱完美了——讀美心想。她的意思是至少看起來賞心悅目，朔夜只要不說話，眉清目秀得不輸模特兒。只可惜就目前看來，他只是個討人厭的不良少年。看起來如是，感覺上亦如是。他是那種辜負上帝美意的美男子。

讀美一邊想著這些有的沒有的，一邊回到姊姊住的公寓。

姊姊英子已經回家了。

「妳回來啦！讀美。啊，幫我倒杯麥茶。」

英子躺在客廳的沙發上，眼睛死盯著電視機，看樣子是要使喚妹妹從玄關經過廚房的時候順便幫她倒杯水。身上只有一件背心，隱約可見背心底下的內衣，該說是大膽呢？抑或只是邋遢而已？

讀美想到明明和姊姊同年紀，卻總是打扮得一絲不苟的並，完全是對照組嘛！工作時的模樣與非工作時的模樣或許不能一概而論，但做姊姊的這副德行還是讓妹妹感到遺憾。

「妳就不能自己倒嗎？」

讀美抱怨歸抱怨，但也不敢不從。萬一惹英子不高興，可就有她好受的了。嚴格說來，這個房間本來就是英子一個人獨居的小窩。萬一惹她生氣，激她說出「妳給我滾回老家去」或「不爽妳可以搬出去」的話可就麻煩了。只要倒杯麥茶就能安撫住她的話，根本是不足為道的勞動。

「啊！好好喝！……對了，妳今天不是去打工嗎？辛苦了。」

英子坐起來，接過讀美遞給她的麥茶，像是灌啤酒似地一飲而盡。讀美看著姊姊懶洋洋地靠在沙發上的身影，不禁嘆了口氣。哪來的大叔啊。

「如何？妳做得來嗎？」

「嗯，應該可以。」

「是家書店對吧？妳做了哪些事呢？」

讀美只告訴英子桃源屋書店是家很普通的書店。她很清楚自己姊姊的個性，要是對她說實話，她肯定會嗤之以鼻地說：「妳在說什麼夢話啊？」

「嗯……像是打掃書架和整理書，還學會了怎麼修補書。」

「修補？好像圖書館喔！店裡也販賣二手書嗎？」

「嗯，是這樣沒錯。」

「話說回來，是妳要修補嗎？」

「是店長要我做的。」

「問題是妳搞得定嗎？」

英子說得很過分，但讀美能理解英子為什麼會這麼說。因為姊姊就站在最近的距離，看著讀美如何度過笨手笨腳的人生。不過讀美還是很不服氣，每次都想反唇相譏回去；同時，腦海中也浮現出朔夜的那句話「那傢伙鐵定辦不到的」。相乘效果之下，讀美再也控制不住自己的嘴巴。

「不試試看怎麼會知道？」

讀美以忿忿不平的表情反駁，也為自己倒了杯麥茶。沒錯，不試試看怎麼會知道。辦不辦得到，等她試過以後再行判斷也不遲。

「是嗎？妳居然會自告奮勇地做這種手工活，天要下紅雨了嗎？」

「……不行嗎？」

讀美的語氣忍不住強硬起來。

「我又沒說不行。加油吧！」

英子的打氣聽起來沒幾分真心。讀美氣呼呼地看著英子，因為英子也認為讀美辦不到，在她那句「加油吧」前面還有一句沒說出口的臺詞：「雖然只是白費力氣」，但讀美還是聽見了。不甘心。不甘心不甘心不甘心！

「不用妳說我也會加油的。」

彷彿是為了和姊姊賭氣似地，讀美一口氣將麥茶一飲而盡。深呼吸，為自己加油打氣。

沒錯，我會努力的。

我會努力，勢必要讓姊姊和朔夜對我刮目相看！

第二天早上，九點四十五分。

太陽露出一副「我還沒發揮真本事」的調調，慢條斯理地往上爬，讀美走過藍天下的小徑，來到桃源屋書店。

穿過綠意盎然的庭園，走進書店裡，幻本中的動物們已經活力十足地在店裡跑來跑去。看到打鬧成一團的貓咪幻本們，讀美不禁露出苦笑，難怪幻本這麼容易破損。就算警告牠們：「不要玩得太瘋喔！」牠們也一定聽不進去吧！

「早安！」

讀美對著店裡打招呼。

於是豆太搖搖晃晃地走到腳邊，「汪！」了一聲。讀美很想把牠抱起來，但心有餘而力不足，只能把手放在豆太的幻本部分——也就是袖珍書上。經過昨天的實驗，一旦把袖珍書抱起來，豆太的柴犬身影就會消失，只剩下幻本。因此，讀美只能摸摸豆太頭上的袖珍書。豆太搖著尾巴，似乎覺得很舒服。

「讀美早安，今天也要麻煩妳了。」

「好的，請多多指教。」

「那麼在開店以前，妳先去裡面準備吧！」

在並的催促下，讀美鑽進櫃臺裡，穿上與庭園的綠意相互輝映的苔綠色圍裙。店裡沒有一般書店會有的辦公室或休息室之類的場所，整棟建築物裡只有林立著書架的空間和櫃臺而已。可能是因為過去不曾雇用工讀生，所以不需要辦公室或休息室吧！

書店十點開始營業。如同並告訴過她的：「我想應該不會一開店就有客人上門。」這家書店原本就是靠口耳相傳吸引顧客的，所以客人上門的頻率並不高。因為不是一般的書店，或許這也是沒辦法的事。

而且每本幻本的價格也都是一般書本難以望其項背的天價，舉例來說，就像購買附有血統證明書的貓狗。因此也沒有收銀機，而是由並直接向客人收錢。並已經決定他不在的時候暫時不處理金錢的交易，所以也輪不到工讀生經手金錢。讀美為此鬆了一口氣，她可沒有自信第一次打工就要對萬圓鈔票送往迎來的。

因為還有一點時間，讀美環視店內一圈。

店內有條寬敞的走道從櫃臺一路通到大門口，走道兩旁陳列著無數的書架。書本的排列方式似乎以幻本中的生物種類而定，鳥和鳥擺在一起、狗和狗擺在一起、貓和貓擺在一起……如此各據一方。

只有朔夜似乎沒有固定的擺放位置，昨天收進去的地方，今天已經不見他的身影。該不會又擅自跑出去了吧？但是也不在庭園裡。

讀美在櫃臺的右手邊停下腳步，那是昨天朔夜雙手合十的地方。

目光停留在宛如鑲嵌在牆壁上的迷你神壇上。

「神真的住在這裡嗎？」

與其說是神壇，更像是西式的小型神殿。讀美往裡頭窺探，只見裡頭有一本書，似乎就是神之本體的幻本。

看起來是很古老的東西，書的封面已經褪色了，唯有上頭細緻的花紋，經過歲月的洗禮，如今依舊精美如昔。好像是一本小型的祈禱書，上頭還描繪著白色的康乃馨。

「……神長什麼樣子呢？」

倘若神也是幻本，那麼應該和朔夜或其他幻本一樣，具有自己的形體。讀美對神有點興趣。到底是綽號呢？還是真的神？還有，並口中「不可思議的力量」究竟是……

沒多久便到了十點，讀美回到櫃臺，並笑著對她說：

「那麼就請妳先把跑出去的幻本收回書架上，然後再用骸本來練習書的修補作業吧！我會在櫃臺的這邊工作。」

並說完，在櫃臺的角落打開筆記型電腦。讀美應了聲「好的」便開始工作。

可是，才剛開始沒多久。

「等一下……等一下啦！」

讀美滿屋子追著四處逃竄的花嘴鴨們，花嘴鴨背著系列作品的幻本，讓讀美彎著腰在店裡一陣好找。有的花嘴鴨會乖乖地讓她抓住，有的花嘴鴨跑得可快了，但總算是一本一本地抓住，放回書架上。沒想到這差事還挺累人的。

「很辛苦吧？慢慢來，別太勉強。只要放回書架上，牠們就會安靜下來，一整天都不會再亂動。」

「真的嗎？那就好……」

不會再亂動這點真是謝天謝地。要是抓回來又逃跑，可就白費工夫了。

只不過……讀美抬起頭來，在店裡東張西望。

這麼多的幻本，到底是怎麼收集回來的？

「並先生，幻本是很珍貴的東西吧？」

「嗯，很珍貴喔！我不曉得照正常程序出版的書，會有多大的機率變成幻本，總之是非常珍貴的。所以幻本的字才會寫成夢幻的書本。」

「聽起來跟幻域有異曲同工之妙，這也是你自己想出來的解釋嗎？」

「妳說呢？」

並笑容可掬地顧左右而言他，是真是假，就連讀美也搞不清楚。

「是真的也好、假的也罷，你說這裡的書都是你去收集回來的對吧？這麼多……」

真虧你能收集到這麼多的幻本，讀美佩服地望向陳列在書架上的書背。這時，並從電腦上把頭抬起來，有些不好意思地笑了，搔搔臉頰說：

「我一聽到哪裡有幻本，就會迫不及待地想去見識一下，然後就買回來了。」

「請容我問一個很市儈的問題，要花很多錢吧？」

「嗯，是不少錢。」

讀美不敢問不少是多少……老實說，這家書店有開等於沒開，這個人究竟是靠什麼為生的呢？好奇歸好奇，但讀美不打算再深究下去。萬一他從事什麼危險的行業，知道太多可是會送命的。

「我在投資股票。」

「你自己說了！話說回來，你怎麼知道我在想什麼？」

「因為妳的表情太豐富了。」

意思是說她會把心裡想的表現在臉上嗎？讀美想起來了，他之前也說過同樣的話，真是太丟臉了……

「雖然很花錢，但我實在無法不管他們。」

並無限愛憐地凝視著陳列在書架上的幻本們，回答的語氣裡夾雜著嘆息。他以沉醉在回憶裡的口吻，喃喃低語。

「妳仔細想想，一般人只會覺得有生命、會動的書很可怕，欲除之而後快吧？」

我倒是覺得很興奮……讀美心想，但沒有說出口。因為自己太愛看書了才會這樣想，換成一般人的常識，肯定就像並講的那樣，大部分的人都會直覺地聯想到怪物或幽靈吧！她也不是不能理解那些人惶惶不安的心情。

「其實很想丟掉，但又怕作祟……不知該拿幻本如何是好的人其實還挺多的喔！於是我找上那些人，請他們把幻本賣給我。既可以賺錢，又可以甩掉讓人毛骨悚然的東西，這些人十之八九都會爽快地賣給我呢！心想與其讓這些孩子們沾滿灰塵，不如把他們交給願意打從心底愛他們的人，所以就開了這家書店。」

「並先生也是個愛書人呢！」

「嗯，非常愛。」

並以非常迷人的表情笑著說，讀美也跟著笑了。為了基於這麼棒的目的而開的書店和書店老闆，讀美覺得自己似乎也能全力以赴。她重新打起精神，又開始追著幻本滿屋子跑。

「這、這下子可以暫時先告一個段落了吧……」

纏鬥了大約兩小時的結果，終於把店內的幻本們全都放回原本的位置，最後再把在店內四處飛竄的花嘴鴨的幻本放回書架上。讀美累得半死地回到櫃臺，並端出麥茶，「請用。」讀美接過冰得透心涼的麥茶。

讀美正奇怪他從哪裡變出來的麥茶，這才發現有個穿著管家制服的陌生老人站在並的背後。

老人……讀美不確定是不是可以這麼說。

因為他的體型比才二十多歲的並要結實許多，給人硬把經過鍛鍊的肌肉塞進夏季制服裡的印象。若不看白髮和鬍子、刻劃在臉上的皺紋，活脫脫就是個身強體壯的戰士，眼下從短袖裡露出來的手臂就粗壯得嚇人。他手裡拿著裝有麥茶的玻璃水瓶和提籃，臉上的表情有些難以親近。

「呃，這位是？」

讀美戒慎恐懼地問。

「他叫綴谷徒爾，是我家的管家。」

在並的介紹下，名為徒爾的老管家以殷勤的態度彎腰鞠躬，看樣子是個惜話如金的人。讀美也跟著點頭致意。

「那個，並先生，你家在哪裡？」

「就在這後面，妳沒看見嗎？」

讀美搖搖頭。這麼說來，她還沒去過這棟建築物的另一邊。還以為只是一片草皮，沒想到還有住宅。而且從雇用管家這點看來，並的家世可能相當顯赫，所以才能像這樣，半玩票性質地經營一家不常有客人上門的書店。

「徒爾已經為我們準備好午餐了，一起吃吧！」

「我也可以一起吃嗎？」

「當然啊！也準備了妳的份。」

這麼說來，並的確告訴過她：「今天不用帶便當來。」讀美道了聲謝，接過徒爾手中的東西。

坐在櫃臺的椅子上，打開包裝得很精美的餐盒，裡頭裝有看起來很美味的三明治。黑麥麵包裡夾滿了清脆爽口的萵苣和橘色的切達起司，和令人食指大動的胡椒風味煙燻牛肉。

「好好吃的樣子！這個是徒爾先生做的嗎？」

「是的，不曉得合不合您的胃口。」

徒爾以低沉的嗓聲吶吶地回答。讀美大口咬下，笑著說：「好好吃。」真的很好吃。一想到是這個肌肉崢嶸的老管家做的，雖然有點失禮，還是覺得匪夷所思。

「妳好像已經把所有的書放回原位了？吃飽飯再休息一下，就開始練習修補吧！」

「好！」

此時此刻的讀美還能神采奕奕地回答。

「好、好難……」

讀美坐在櫃臺的椅子上，緊緊地握住手中的毛筆，明明一點也不熱，卻還是冷汗涔涔。

用毛筆將糨糊和木工用白膠、水混合做成綜合膠為止，一切都還算順利……然而要將綜合膠塗抹到骸本破損的頁面上，原本就是非常困難的任務。讀美總是無法將正確的量塗抹在正確的地方，不僅沾得到處都是，還把書頁搞得髒兮兮的。

「一切還順利嗎？」

「咦？呃，有點難度耶……」

並往讀美的手邊看過來，臉上露出「哎呀呀！」的表情，但是什麼也沒說。反而讓讀美感到侷促不安，把身子縮成一團。什麼「有點」嘛！想逞強也該有個限度。

這時，微微的重量壓在肩膀上。抬頭一看，並正鼓勵地把手放在她肩上，微笑著說：

「我有點事要回家一趟。不要緊，妳就盡可能嘗試到習慣為止。反正是練習，就算一直失敗也沒關係，明白嗎？」

「明、明白……」

並把放在讀美肩上的手收回去，走向店門口，離開書店。

剩下讀美一個人在鴉雀無聲的店裡，低頭看著手邊的骸本。

「練習……嗎？」

讀美轉動著毛筆，冷靜地思考。沒錯，這只是練習，並不是正式修補。就算弄錯上膠的範圍，就算把書頁搞得髒兮兮又縐巴巴，也不會給任何人造成困擾。

雖然不會——

「啊啊啊，為什麼會變成這副德行呢……」

手上沾滿了綜合膠的讀美仰天長嘆。

不是不小心讓這一頁和那一頁黏在一起，就是不小心弄破別的地方，甚至連自己的臉都沾到糨糊，說有多狼狽就有多狼狽。

「我果然還是辦不到啦……」

就在她趴在櫃臺上呻吟的時候。

「哇！糗斃了！」

耳邊傳來她最不想聽到的聲音，害讀美的耳朵一陣顫動。她慢條斯理地抬起頭來，瞪著正前方。

朔夜就站在她的正前方，正以夾雜著憐憫與輕蔑的表情居高臨下地看著她。

「……怎麼？你是來找我吵架的嗎？」

讀美端正坐姿，進入備戰狀態。朔夜不屑地冷哼一聲。

「不是。只是覺得真是慘不忍睹啊……」

「你分明就是來找我吵架的！」

讀美大聲嚷嚷，握緊拳頭，只差沒把毛筆折斷。朔夜一臉沒把她放在眼裡的態度，利用本體把櫃臺前的椅子推到一邊坐下，剛好隔著櫃臺，與讀美遙遙相對。

「……等一下，你幹嘛坐在那裡？」

之所以這麼說，是因為他又沒有實體，根本不需要坐下吧！為何要故意……

「誰知道，大概是因為這裡剛好有張椅子吧？」

讀美惡狠狠地瞪著開始看書的朔夜。此舉恐怕也是為了要氣她吧！既然如此，她可不能輸，絕對不能輸。

她重新坐回椅子上，用水溶化糨糊和白膠，調成綜合膠，滿肚子的怨氣反而讓她把膠攪得更均勻。

「妳可不可以停止這種浪費生命的行為？」

耳邊傳來的這句話讓讀美不自覺地屏住呼吸。

「妳自己也心裡有數吧！妳是辦不到的，知道自己已經試過了，但是做不來。」

讀美揚起視線，但斜前方的朔夜還是盯著手上的書，淡淡的語氣，彷彿是在自言自語。

讀美用力地咬緊下唇，原本就已經抖個不停的手，這下子抖得更厲害了。

「你憑什麼這麼說……你怎麼可以這麼不當一回事地對正在努力的人說出這種話？」

「因為看了就煩。」

朔夜以冷漠的語氣不容辯駁地放話，用沒什麼色素的灰色瞳孔瞪著讀美。

「不曉得這麼做只是白費力氣，還表現出『我會努力！』的態度，讓人覺得煩不勝煩。或許妳是想藉由努力來得到並的肯定，但有些事做不到就是做不到。這點從妳那種笑掉人家大牙的笨手笨腳就看得出來了，妳的努力只是白費工夫。」

她對這句話並不陌生。腦海中閃過中學一年級的尾聲，她第一次知道這個世界有多殘酷，胸口再次感到隱隱作痛。

為了抗拒這股疼痛，讀美憤而回嘴：

「可、可是，這是我的工作，當然要全力以赴不是嗎？」

「妳還是不懂我的意思嗎?我說妳的全力以赴只是白費工夫。」

朔夜不耐煩地抓著頭髮。

「人有擅長與不擅長的事，如果這剛好是妳不擅長的事，再怎麼努力也沒用。」

「就、就算你這麼說，但是我如果不努力，就無法繼續留在這裡了呀！」

讀美不服氣地說，但朔夜接下來的話更加無情。

「那就表示這裡沒有妳的容身之處，表示妳沒有待在這裡的意義。」

身體的正中央彷彿被一槍射中，令她無法呼吸。這句話對讀美來說實在太殘酷了。

她想要反擊，卻一句話也說不出來。

「還……」可是嘴巴卻自顧自地動了起來。「還不知道呢！」

拳頭顫抖著，全身也都因為憤怒而顫抖。

「還不知道這裡是不是我的容身之處。這種事連我都不知道了，你怎麼可能知道，更輪不到你來決定！」

讀美不甘示弱地瞪回去，聲如裂帛地矢口否認。只見朔夜瞪圓了眼睛。

「……哦，是嗎？」

「就……就是！就是這樣！」

「那妳可以做得像樣一點嗎？口氣不小，但是一點說服力也沒有呢！」

朔夜嗤之以鼻地把書闔上，站起來背對讀美，推開門走了出去，然後把門「砰」地一聲用力關上。

「糟透了……」

目送朔夜的背影離去，讀美深深地嘆了一口氣，彷彿要把肺部裡的空氣都擠出來地嘆氣，感覺有一大片烏雲籠罩在自己頭上。

心情低落到谷底。為什麼要對正想要努力的人說那種話呢？她完全不能理解朔夜的心態，果然只是為了要跟她過不去吧！

「我才不想理解那種人在想什麼呢！氣死我了！啊啊，氣死我了！」

光是想起剛剛的對話，一把火又要從肚子裡燒起來了。讀美一面刮掉沾黏在指尖的綜合膠，一面按捺住怒火。兩天前在神社祈求的「請保佑我也能和那傢伙相處愉快」，如今想來真是愚不可及。要實現這個願望，比學會修補作業還要來得難上百倍。

讀美好不容易澆熄心中的怒火，又開始進行修補的練習。但是因為心浮氣躁，動作比剛才還要不聽使喚。並回來以後也不見改善，只有失敗的頁數不斷增加。

結果就連一次也沒修補成功，那天的打工就結束了。

離開書店，又走了一段路，早上還晴空萬里的藍天籠罩著令人鬱悶的烏雲。過沒多久，豆大的雨點從厚厚的雲層裡直瀉而下。說是午後雷陣雨或瞬間豪大雨都不為過的傾盆大雨，讓視野變成白茫茫一片。

有人用跑的衝進建築物裡躲雨，也有人死心地慢慢走，讀美隨著人潮衝進車站。

「嗚哇！溼答答的……感覺好不舒服。」

跳上電車，讀美重新檢查自己的狀態，從頭到腳幾乎已經沒有任何一塊是乾的，甚至還在腳邊形成水窪。

「真是糟透了……」

電車門聲響大作地關上。讀美將前額貼在透明的車窗，劉海已經掙脫幸運草髮夾固定地貼在額頭上，她深深地嘆了一口氣。

第三章

那一天，幼蟲掉下來了

禮拜天，讀美站在大宮站的剪票口一個名為「豆子樹」的裝置藝術前。兩根彎彎曲曲地延伸至天花板的銀線，是這個車站有名的會合點。

今天是讀美排休的日子，書店本身也休息。「不管是誰，每週都要有一整天完全不用工作的日子……沒錯，就是所謂的安息日」是並的論調，所以今天就連徒爾也休息。

因此獲得一天假期的讀美，此時此刻正站在豆子樹前等人。

「讀美，讓妳久等了！」

「文香，妳遲到了。」

面對姍姍來遲的文香，讀美開口的第一句話就是怨言。畢竟她已經在悶熱的車站內等了文香十五分鐘，讓她抱怨個一、兩句也是應該的。

「抱歉抱歉，印表機突然出狀況。」

文香雙手合十地向她道歉。讀美抱住胳膊，瞪著遲到的友人，然後以戲劇化的口吻說：

「哦？妳的意思是說，是原稿害妳遲到嗎？」

「正、正是，對不起。」

「原來如此，原來如此……那麼，這次的作品肯定很完美吧？」

「我、我也不知道……」

「喂……等一下，這裡應該自信滿滿地回答『沒錯』吧？」

讀美終於忍俊不住，文香也受到她的影響，搖晃著馬尾微微一笑。讀美帶頭向前走，文香也與她並肩同行。

「文香妳真是的！天氣這麼熱，我都快融化了，人也多得跟什麼似的。」

因為是禮拜天，再加上暑假，到處都擠滿了全家出遊的人和貌似出來約會的年輕情侶。稍微離開豆子樹的據點，就快被人潮淹沒了。

「抱歉抱歉，我請妳吃豪華版的聖代就是了！」

「既然如此，為了表示慰勞和感謝妳把稿子寫出來，我也回請妳吧！」

「哇！讀美人好好，簡直是女神！可是……這樣可以嗎？」

「當然可以啊！走吧！我已經熱到快發瘋了。」

讀美和文香從大宮站的東出口出去，往冰川神社的方向前進。因為颱風靠近的關係，一直下到昨天的豪雨，就像騙人的一樣，半點痕跡也沒留下。今天的天空藍得望不見一片雲。

走進飄揚著當地足球隊橘色旗子的巷子裡，她們兩人的目的地就在這裡。

那是一家二十四小時營業的咖啡廳，不僅有聖代及蛋糕等甜食，針對想吃飽的人也提供了琳琅滿目的餐點。

寬敞的店內懸掛著油燈，瀰漫著一股復古的氣氛，已經有幾個客人先就座了。讀美和文香走進店裡，坐在靠窗的空位，點了兩份聖代。店內的空調適度地冷卻一路走來流下的汗水。

「那、那麼，事不宜遲……」

文香在紅布椅子上正襟危坐，露出緊張的神色，戒慎恐懼地遞出小手提袋。那份原稿就在手提袋裡。讀美伸出手去，珍而重之地接過。

「我收下了。」

其實用電子郵件把原稿寄給她還快得多，但文香堅持「既然要讓身邊的朋友閱讀，還是印出來比較好」，所以才以這種形式交給她。對於讀美而言，這樣好讀多了，所以感激不盡。

「那我就拜讀囉。」

「請、請多多指教！」

讀美行了個禮，從手提袋拿出那疊原稿，文香也畢恭畢敬地低頭致意。看在旁人眼中，就像在進行什麼儀式。事實上，這也的確是兩人之間的某種儀式，由讀美來看文香寫的故事的儀式。

讀美翻開原稿的第一頁，開始閱讀。這是約莫三十張稿紙的短篇，故事類型屬於以異世界為舞臺的輕小說。主角是個十八歲的少年，在初來乍到的新公司裡努力工作，最後在工作上闖出了一番局面，同時也找到自我的故事。

讀美看完的時候，聖代早就已經送上桌。因為太過於全神貫注，根本沒發現店員來過，所以聖代也有點融化了。

「怎麼樣？」

「嗯，非常有趣喔！架構非常完整，妳的功力又進步了呢！這大概是我目前看過最好的一部作品。」

「真的嗎？」

太好了！文香握緊勝利的拳頭。

在那之後，讀美邊享用聖代，邊告訴文香一些自己注意到的地方。她一直很擔心自己這個外行人的意見真的對文香有幫助嗎？但文香卻認為是「非常寶貴的意見」。就像這次，文香也一面「嗯！嗯！」地點頭，一面專心地抄筆記。

「……大概就是這些吧！」

「很有參考價值。謝謝妳，讀美。」

「別這麼說，是我要謝謝妳願意給我看……話說回來。」

「話說回來？」

「嗯，要是我也能像主角那樣就好了。」

心裡的想法脫口而出，讓文香露出狐疑的表情。

「嗯？什麼意思？」

「沒什麼……工作上的事。」

讀美苦笑著回答，只見文香以心裡有數的表情頷首。

「妳的打工嗎……很辛苦嗎？」

「工作內容倒還好，老闆人也很好。只不過，有個討人厭的傢伙。」

「前輩？」

「嗯……也算是前輩吧！」

想起朔夜的臉，讀美的笑容更苦澀了。他雖然不是書店的員工，倒也是先她一步住進去的人，說是前輩也的確是前輩。

「怎麼個討厭法？會故意刁難妳嗎？」

文香的問題讓讀美自問自答——那算是故意刁難她嗎？

「……我也不曉得。與其說是刁難，我覺得他純粹只是討厭我。」

「討厭妳？讀美明明是個乖小孩！」

「啊哈哈，謝謝妳。」

讀美發出尷尬的笑聲。

朔夜說看到她就煩，這句話恐怕是真心話，感覺像是從內心深處吐露出來的。

自那日交談過後，已經五天過去了，他不曾再說過特別惡毒的話，反而比較像是當她不存在，這反而令讀美更不自在。

「嗯……妳做了什麼會讓人討厭的事嗎？」

「會是什麼呢？他是說看到我在做那些無謂的努力會很火大。」

「什麼意思！這句話才讓人火大吧！」

文香的同仇敵愾令讀美露出苦笑。朔夜為什麼會那麼排斥她呢？那天她想了一個晚上，依舊想不出個所以然來。

「我真的不曉得自己到底哪裡得罪他了。」

「那傢伙是男的還是女的？」

「男的。」

「那他會不會是喜歡妳呀？男生不是都會欺負自己喜歡的女生嗎？」

「不可能，絕不可能。」

「那……難道是同類相斥？」

「同類相斥？」

「就是他那句『妳的努力只是白費工夫』，其實是對自己說的。」

文香的話讓讀美陷入了沉思。

白費工夫——這句話是朔夜對自己說的嗎？

「天曉得……不過，如果是妳說的那樣，他又為什麼會認為是白費工夫呢？」

朔夜是做了什麼努力，又為什麼會得到這樣的結論呢？

這時，讀美猛然想起一件事。

沒有肉體的靈魂，棲息在幻本中的人。他以前過著什麼樣的人生？從什麼樣的地方來到桃源屋書店？什麼樣的人閱讀過朔夜的本體？朔夜又有著什麼樣的想法呢？

「……說得也是。那傢伙也有那傢伙的人生呢……雖然我一無所知就是了。但我還是希望那傢伙這麼說是有原因的。」

假設他並不是故意要找她的麻煩，而是基於某種理由，才會說出那種話……

或許可以再多了解他一點——讀美心想。

「不過，他不說的話，我怎麼知道他在想什麼呢？」

「要不然妳就單刀直入地問個清楚囉？」

「什麼？我才不要和他扯上太深的關係呢……我不喜歡他。」

「這倒也是。可是啊，不是才一個月嗎？加油，我會繼續聽妳吐苦水的。妳可以直接打電話給我，我們也可以再約在這裡。」

「嗯，靠妳了。」

文香的自動請纓讓讀美感到很窩心，要是不把內心的垃圾倒一倒，可是會做不下去的。光是文香願意聽她吐苦水，心情就已經輕鬆了許多，真不可思議。

「甜點也吃過了，今天就痛痛快快地玩個過癮吧！要去哪裡我都奉陪喔！」

「那……我想去書店！」

「妳都已經在書店打工了，還要去書店！還真像是讀美會做的事呢！沒問題，我也正想買幾本參考用的書。」

讀美和文香相視而笑。這時不會提議去看電影或唱歌、逛街買衣服也是她們的風格。

兩人離開咖啡廳，前往開在車站附近的百貨公司樓上的書店。這家書店是大宮車站附近規模最大的。

讀美和文香一踏進店裡，就各自逛起自己感興趣的專區。讀美走到文庫本的賣場，尋找是否進了有趣的小說新作。平臺上陳列著自己心儀作家的作品，讀美拿起來，等會兒再一起結帳。正當讀美的目光移向下一個書櫃的時候——

「啊！」讀美忍不住發出一聲驚呼。

因為她見過正抬頭挺胸、昂首闊步地從面前走過的人——是老管家徒爾。

頭髮還是梳得整齊又服貼，但是和在桃源屋書店見到他的時候略有不同，他今天穿的不是管家的制服而是馬球衫。從袖口可以看見手臂上鋼鐵般的肌肉，簡直像是個橄欖球員。

是徒爾沒錯——讀美還來不及上前打招呼，他已經走向書櫃的另一邊去了。讀美把拿在手裡的書放回平臺上，追上去，心想至少得打個招呼。

只見徒爾走向樓梯的方向，因此讀美也往那個方向加快腳步。

然而，就在樓梯的正前方，她發現樓梯間除了徒爾，還有另一個男人，於是不由自主地停下腳步。

她沒見過那個青年。

黑髮、白襯衫、戴著無框眼鏡的青年給人知性的印象，最適合的形容就是理科男子。

那個青年手裡拿著一本白色的書，徒爾抓住那本書。

「真的嗎？」

徒爾不曉得說了什麼，青年頓時大聲反問，然而馬上又降低了音量。

「你……可是……要怎麼做……」

雖然聽不太清楚，但徒爾和青年似乎正討論著什麼嚴肅的話題。讀美向後退，感覺眼前不是適合打招呼的氣氛，於是便轉身離去。

「啊，讀美。怎麼啦？妳跑去摘花啦？」

剛從樓梯口撤退，就與手裡拿著服飾圖鑑的文香撞個正著。

「啊，嗯，去逛了一下。」

「找到好書了嗎？」

「嗯，我喜歡的作家又出了新書。」

讀美和文香一起回到書店裡。腦海中有一瞬間閃過徒爾的事，但思前想後也想不出他在那裡做什麼，更輪不到她來追究，所以就決定拋到腦後。比起徒爾，在這片書海裡找尋浪漫的邂逅才是最重要的事。

讀美已經將整個文庫本的賣場幾乎看了一遍，拿著兩本書，開始陪文香一起在店裡走馬看花。心想或許能挖到什麼寶貝，還逛到平常沒什麼興趣的展示區。

讀美在那裡看到一本書。

「……白紙？」

讀美一頁頁地翻閱，但那本書裡面真的一片空白，有如一本空白的筆記本。

翻回來看封面，白色的封面上圍著一條書腰，書腰上寫著那本書的文案。

「『這本書裡沒有鉛字。是由您創作的書。是屬於您自己的書。』欸？這也是一本書啊。」

換句話說，這是由消費者自行寫入內容的書。可以寫日記，也可以當成筆記本來用；可以寫詩，當然也可以把自己創作的小說寫上去，是本出發點非常自由的書。文香……讀美呼喚正站在隔壁書架前的友人。

「什麼事？」

「這本書或許很適合妳呢！」

讀美讓文香看那本空白的書。

「喔哦！」文香發出小聲的驚嘆。「好有趣的書！裝幀得也很精美，真不賴，買一本回去記錄靈感好了。妳呢？」

「咦？我嗎……我不用了，我的字又不好看。」

讀美笨手笨腳的災情也波及到寫字這個領域。她肯定會因為討厭自己寫的字，寫到一半就放棄了，所以很羨慕文香能寫出一手龍飛鳳舞的好字。

「我倒覺得字寫得好不好看根本不重要呢！看得懂就行了，看得懂才是重點。」
文香安慰她，但是身為會留下醜字連篇的本人，不可能不在意。
「不用了，反正我也沒什麼特別想寫的東西。」
讀美說完便轉身離開，文香拿起那本白紙的書，跟了上去。
在書店裡待了半天的結果，讀美買了三本書，文香買了白紙的書和寫小說要用的參考資料，走出書店。這時，讀美已經把剛才看到徒爾和青年的事忘得一乾二淨。
兩人一起走到車站，進了剪票口才分道揚鑣。有好幾條電車路線從大宮站往四面八方延伸，兩人要坐的電車路線不同，讀美是埼京線，文香則是京濱東北線。
與文香道別之後，在走向埼京線的月臺途中，讀美在車站內的賣場停下腳步。大宮站是埼玉縣的主要車站，規模雖然比不上東京站和上野站，但裡頭也有販賣便當或糕點等伴手禮的地方，就是這裡。
「有了。」
讀美遠眺著那個不斷地把人潮吸進去的空間，想到一個好主意，這個方法或許能讓她的努力開花結果。

為了讓她的努力開花結果，「賄賂」是有必要的。

「不過，如果這樣就能成功的話，還算是便宜的呢……好吧！就在這裡買吧。」

讀美踩著輕盈的腳步，走近陳列著五顏六色蛋糕的展示櫃。

「修補的訣竅？」

英子一叉子戳在蛋糕上，靈活地將眉毛挑成八字形。蛋糕當然是讀美買的，這就是所謂的賄賂。

「妳實際嘗試過了對吧？」

「嗯……嗯。」

「結果呢？搞不定對吧？」

英子把切成一口大小的蛋糕送進嘴裡，大口咀嚼，吞下，喝了一口讀美泡給她的咖啡之後說。

「然後呢？難道妳還想繼續挑戰不成？」

「沒錯。」

「為什麼不放棄？」

「妳幹嘛以『妳應該要放棄吧』的前提說話啊！」

「因為我說的是事實啊！妳不這麼認為嗎？」

……我也這麼覺得。

換作是平常的自己，早就舉白旗投降了。

但是這次不一樣，她還不想放棄。

正因為不想放棄，她才這樣拜託姊姊——拜託身為圖書館員已經有五年資歷，每天都要修補書本的姊姊。姊姊坐在沙發上，她則正襟危坐地跪坐在姊姊腳邊的地板上。把蛋糕放在盤子裡，甚至還泡了咖啡。讀美很清楚，一旦拜託姊姊，姊姊就會得寸進尺，但眼下實在沒有別的辦法。

「修補書本並不難。不過，這是指一般人的情況。妳的笨手笨腳是天下無敵的等級，這點妳自己也知道吧！任何人都會做的餅乾，只要經過妳的巧手加工，就會變成黑漆漆的謎樣物體。花上一輩子的時間，也織不出一條手織的圍巾……算了，我想妳自己也很清楚，就不用我再舉例了。」

「這些我比誰都清楚……」

「交給妳來做，什麼事都會變成長期抗戰。而且其他人一定能做得比妳好。因為手工藝是最不適合妳的作業，因為妳沒有這方面的才能。」

真不愧是自己的姊姊，說得比朔夜還狠、還毒、還無情。但讀美無話可說，只能默默地忍受、靜靜地傾聽。因為英子說得一點都沒錯，完全沒有可以反駁的餘地。而且就算反駁，也無法改變自己笨手笨腳的事實，畢竟前一刻她才把即溶咖啡粉撒得滿地都是。

英子的言語攻擊終於告一段落，居高臨下地打量著妹妹。

「……即便如此，妳還想嘗試嗎？」

「我想嘗試。」

讀美將嘴唇抿成一條線，直視著姊姊的雙眼。

英子沒問為什麼，只嘆了一口氣，從沙發站起來。讀美還以為她要窩回自己的房間，沒想到她拿了一本書和薄薄的檔案夾回來，遞給讀美。

「這是我被派去修補書本的時候，訓練時拿到的資料。關於修補書本的方法，上頭寫得很清楚。妳先看過，徹底記住裡頭的知識再說。比起我用說的講解，妳用看的比較容易理解吧！」

真不愧是自己的姊姊，對讀美的個性瞭若指掌。用聽的確實無法在她腦子裡留下印象，但是從書上學到的知識卻能充分地吸收到細胞的各個角落。

「還有，我想妳已經知道了，那就是熟能生巧。無論是工具還是作業都是。要一再地反覆練習，直到學會為止。做什麼事其實都是同樣的道理喔！沒有一直練習的話，無論時間經過再久，不會的還是不會。」

「嗯。」

「至於訣竅嘛……」

英子又喝了一口咖啡才說。

「就是要慢工出細活。不要著急，在修補的時候要讓綜合膠滲透到紙張裡，接下來的步驟也要一步一步地確實做到好。在還沒習慣的時候，一次先處理一個地方，如此周而復始。雖然很花時間，但這是最不會失敗的方法。」

「我明白了！」

「……妳真的明白嗎？妳每次都想一步登天，最後總是以失敗收場。先給我牢牢記住自己是笨手笨腳的傢伙，然後再腳踏實地地慢慢求進步。」

「嗯……我會的。」

讀美露出古怪的表情，深深地低下頭去。英子所言甚是。從前幾天就開始的練習之所以完全沒有進步，其中一個很大的原因恐怕就是因為她想一次修好幾個破損的地方。

「懂了的話，今天就開始稍微練習一下吧！反正我也在家，可以幫妳看一下。」

「真的嗎？噢！英子大人，姊姊大人，太感謝妳了……」

「既然都要拍馬屁了，不如再加上一個女神大人。」

換作是平常，讀美可能會反唇相識：「少臭美了！」但此時此刻的讀美當然不能這麼說。結果今天一整天，讀美都對姊姊言聽計從，千依百順。

結束休假，桃源屋書店的星期一。

上午照慣例將幻本整理歸位，結束之後，吃過徒爾送來的午餐，時間來到下午。

那一天，書店難得有客人上門。

那是個年紀與讀美的父親相去不遠的男性，頭髮梳得整齊服貼，穿著米白色的西裝，出身良好是其給人的第一印象。讀美想起「想要了解一個人，就要觀察他穿的鞋子」這句話，偷偷看了一眼，只見鞋子也擦得亮晶晶的。該怎麼說呢，給人的感覺無懈可擊。

他說是朋友介紹他過來的，想來買幻本。並領著男士在店裡走來走去，為他介紹幻本。

「妳就利用我們談生意的時候練習吧！」

並離開櫃臺的時候丟下這麼一句話。讀美遵照他的指示，鑽進櫃臺，像前些日子那樣，開始利用骸本進行修補的練習。

讀美先把周圍收乾淨，騰出寬敞的作業空間，然後照昨天英子教她的那樣，用毛筆將糨糊與木工用白膠以二比一的比例在碟子上調勻，再以少量的水溶解。

以筆尖沾取少量徹底攪拌均勻的綜合膠，塗抹在底下墊著烘焙紙的骸本頁面上破掉的地方。先塗上薄薄的一層，再塗上第二層……將綜合膠一層一層地均勻塗抹在紙上。然後再慎重地把破掉的部分重疊，使其貼合。用指尖將綜合膠按壓、延展至平整，最後再把烘焙紙對摺，蓋在破掉的地方。

然後把書闔起來。

至此，讀美終於把下意識憋住的那口氣吐出來。

「完……完成了……吧？」

是否真正大功告成得等乾了以後才能見分曉，不過糨糊並未沾得到處都是，讀美的雙手還是乾淨的。

跟前幾天的狼狽完全是天壤之別，單以過程來看，可以說是相當大的進步。

接下來，讀美繼續修補其他破損的地方。一個接著一個，不慌不忙地慢慢處理。

修補好一個又一個破損的地方，夾在書裡的烘焙紙數量逐漸增加。

最後——

「……結束了！」

這次讀美真的完全把書本闔上，放下毛筆，伸了個懶腰。大概是一直保持著同樣的姿勢吧！肩膀硬邦邦的。

「怎麼？搞定啦？」

見讀美轉動著肩膀，並走過來問道。

「是的！啊，客人已經走了嗎？」

「妳果然沒注意到，客人早就回去囉！還說『改天再來』。似乎找到了中意的書，但是要考慮一下，所以今天沒買就走了。」

看樣子，讀美完全沒留意客人和並之間的對話，也沒注意到客人已經回去了。看了一眼放在櫃臺上的鐘，已經下午三點了。距離她開始作業已經過了兩個小時。

「啊，可是……搞定是搞定了，但是我也不敢保證處理得好不好。」

「瞧妳的樣子，我想應該沒問題……結果等到乾燥以後就能見分曉了。只要放上一個晚上，就可以把烘焙紙拿掉。差不多也該下班了，既然妳這麼努力，剩下的時間就來喝杯茶吧！」

並拿出冰鎮的紅茶和裝在漂亮彩繪盤子裡的餅乾。看樣子似乎在她埋頭苦幹的時候，就連徒爾也來過了。自己究竟有多專心啊？就連讀美也對自己感到佩服，果然只要努力，沒有辦不到的事。

讀美享用了餅乾和紅茶，混到下班時間，站在神壇前，準備回家。她打算請神保佑她的修補作業圓滿成功。並說神就住在這裡，既然是書店的神，肯定會保佑她和這些書的吧！

二禮二拍之後，讀美雙手合十，閉上雙眼。

就在這個時候，她察覺到一股異樣的氣息，偷偷地往旁邊一看。

嚇了一大跳。

因為身旁站著一個嬌小的少年。

少年身上穿著神社裡的僧侶才會穿的雪白裝束，臉上不知何故貼著宛如書本頁面的面具，因此看不見他的表情和長相。說不定不是少年，而是少女也未可知。他全身散發出一股特殊的氛圍，彷彿是冰川神社中那種清冽的空氣。

是幻本裡的人吧？除了朔夜以外，另一個住在幻本裡的人……正當讀美這麼想的瞬間。

少年往前踏出一步。

然後不偏不倚地往前衝，身體彷彿被吸入神壇似地消失無蹤。

讀美目瞪口呆地看著這一切。

「剛才那個……該不會是……」

過了十秒以上的時間，讀美才終於眨了眨眼睛。

「……幻本裡的神？」

鎮座在神壇中的書不言不語，但讀美總覺得自己好像看到什麼好東西，欣喜若狂。懷著撿到寶的心情走出書店，走在回家的路上，想到明天就可以知道修補的成果，不禁一則以喜，一則以憂。

到了第二天。

讀美惴惴不安地來到書店上班。七上八下的心情或許也影響到走路的速度，今天明明吹著比較涼爽的微風，她的額頭上卻冒出一層薄薄的汗水，也比平常早了十五分鐘抵達。

「早安。」

因為時間尚早，讀美擔心書店是否還大門深鎖，但是很順利地推開門走進去。為了將書本保存在良好的狀態下，店內似乎二十四小時都開著空調，和外面根本是兩個世界，充滿令人身心舒爽的空氣。

沒有人向她打招呼。並好像還沒來，豆太今天也沒跑出來迎接她。有幾本幻本已經從書架上偷溜出來，在走道上徘徊。讀美從它們身邊走過，走進櫃臺，迫不及待地拿起昨天修補過的骸本。

她一張張地撕下烘焙紙，檢查修補的部分。雖然有些破損的頁面無法完全恢復到昔日的光滑平整，但全都黏得牢牢的，貌似可以一口氣從第一頁翻到最後一頁。

「太好了！修好了！」

「那是妳弄的嗎？」

「哇啊！」

背後傳來的聲音令讀美嚇得跳起來。

她連忙回過頭去，只見朔夜一臉悻悻然的表情，一如往常地抱著書站在那裡。

因為靠得太近了，讀美下意識地往後退。櫃臺的桌子卻擋住她的去處，令她無法拉開距離。

「是、是又怎樣……」

「妳明明那麼笨手笨腳。」

「我練習過了。」

「借我。」

朔夜不由分說地拿起讀美手中的幻本，看來幻本裡的人也可以觸摸其他幻本。朔夜翻來覆去地檢查幻本的狀態，檢查過一遍之後，似乎終於滿意了，闔上幻本。朔夜一臉想不通地盯著幻本，喃喃低語：

「妳似乎也不是一片空白嘛！」

咦？讀美微側著臻首。

一片空白？什麼意思？

「那個，什麼一片空白……」

「還妳。」

朔夜把幻本塞回給讀美，讀美手忙腳亂地接過。

「還挺有一套的嘛！」

冷不防，頭頂上彷彿傳來這句話。

咦？讀美不解地將臉從幻本裡抬起來，但朔夜已經頭也不回地走開了。只見他走到櫃臺右手邊的神壇前，和上次看到的時候一樣，雙手合十，轉瞬便消失於書架間。

讀美眨了眨眼睛，直到再也看不見那頭閃亮的金髮為止。

「……剛才那句話是那傢伙說的嗎？」

她還以為自己聽錯了，但朔夜的確說了。那個只會對她冷嘲熱諷、雞蛋裡挑骨頭的男人，居然會說她「還挺有一套的嘛」。

「莫非是有點肯定我了嗎……」

如果是這樣的話，那就太開心了。非常非常地，開心。

臉頰不由自主地綻放笑顏，讀美感到如釋重負。腦海中閃過一個單純的想法，或許朔夜也不是那麼可惡的傢伙。這麼一來，希望下次能有機會再跟他多聊一點的念頭油然而生，但只怕是難以如願吧！

「嗯，做得很好喔！以第一次的完成品來說，算是無可挑剔了。」

並在快要開店之前來了，對讀美的修補成果做出以上的評價。讀美不禁苦笑，他對自己真的是很寬容。她自知離完美還有好長一段路要走。

「前幾天還陷入苦戰，看樣子妳確實努力練習過了。」

「也還好啦……」

都是託了姊姊的福——讀美笑著在內心嘀咕。

讀美在修補的時候領悟到一件事。從小到大，因為笨手笨腳的緣故，她避開了很多難題，或許是因為這樣才什麼都做不好。只要拿出毅力，一次不行就再試一次，或許就能找到自己可以勝任的事，因此……

「我會繼續努力，直到更得心應手為止。因為我覺得自己好像還有可以進步的空間。」

「我認為這種心態很棒喔！反正顧店的時候多得是時間，妳就放手去試吧！下次直接讓妳修補幻本好了。」

並的建議讓讀美露出苦笑，「請再給我一點時間。」

「別擔心，妳一定辦得到的……對了，妳見到朔夜了嗎？」

「他剛才還在神壇前禱告，後來就不見人影了。」

「這樣啊，我還想讓他見識一下妳的成果呢！」

「啊，成果的話，他剛才已經看過了。」

「他怎麼說？」

「呃……他說『還挺有一套的嘛』。」

「這樣啊。」聽到這句話，並表現出喜上眉梢的反應。見讀美不解地側著頭，並只是微微一笑。

「沒什麼……這真是太好了。請妳就這樣繼續努力下去吧！」

「好、好的。」

意有所指的回答和笑容，讓讀美只能摸不著頭腦地點頭稱是。到底什麼東西太好了？是因為總算可以把修補的工作交給她嗎？讀美總覺得事情沒這麼簡單。

結果那天上午的時間都用在已經變成例行公事的幻本整理歸位上。當讀美把所有的書本全都放回書架上的時候，徒爾彷彿算準時間地來到店裡。

「我已經在外面的樹蔭下準備好用餐的桌椅了。」

「今天要在外面吃飯嗎？」

「是的，因為今天的天氣很好。」

「是我請徒爾準備的，一直待在書店裡也會覺得很悶吧！」

並坐在電腦前，摘下抗藍光的眼鏡，站起來走出櫃臺，向讀美招手。

「我們去外面吧！」

如徒爾所言，外面的氣溫相較之下算是比較舒爽宜人。正午的太陽雖然還高掛在頭頂上，但是因為風很乾燥涼爽，降低了不愉快指數。躲到樹蔭底下後，不愉快指數就更低了。

白色的木製桌椅就擺在大樹下，桌上陳列著經常會在高級餐廳裡看到的托盤，托盤上還罩著釣鐘狀的銀色蓋子。

「咦？椅子不夠耶。」

「呃……準備了兩張椅子還不夠嗎？除了並少爺和讀美小姐以外，還有其他人要來嗎？」

「徒爾，是少了你的椅子喔！和我大眼瞪小眼地對看，讀美也會食不下嚥吧！所以你也一起來吃吧！」

讀美陪著苦笑。雖不至於食不下嚥，但確實會緊張。三個人的話，可以分散話題，心情的確會輕鬆一點。

徒爾跑到書店後面找椅子。並走向餐桌，坐在椅子上說：

「讀美，妳也坐下來等吧……哇啊啊啊！」

並突然尖叫起來，他難得會發出這麼大的聲音，讀美連忙衝上前去。

「怎、怎麼了？」

「有……」

「有什麼？」

「有蟲……！」

並整個人縮在椅子上，以分岔的聲音回答。都二十好幾的男生了，那姿勢未免也太丟人現眼。

讀美望向並用手指著的方向。

「哇！」

讀美忍不住也驚呼出聲。

有隻巨大的毛毛蟲正大搖大擺地盤踞在桌子的一角。肥墩墩的綠色毛蟲，比讀美的大拇指還粗，是燕尾蝶的幼蟲，大概是從樹上掉下來的吧！牠彷彿正對他們露出「有何貴幹」的表情，完全沒有要移動一下的意思。

「呃，並先生，這個……」

「不行，別指望我！」

「我什麼都還沒說耶。」

讀美環顧四周，撿起兩片掉落在腳邊的樹葉，走向餐桌。

「聽話，到我這邊來。」

不理會嚇得臉色發青的並，讀美將幼蟲引導到樹葉上，小心翼翼地捧著，把幼蟲放進低矮的灌木叢裡。

「妳、妳沒事吧？蟲有沒有咬妳？」

並依舊縮在椅子上，用快要哭出來的表情問凱旋而歸的讀美。讀美語焉不詳地回以「沒有，還好。」她記得毛毛蟲雖然會螫人，但是不會咬人——應該吧。

並終於如釋重負地靠在椅背上。這人是有多討厭毛毛蟲啊。

「抱歉，我失態了……可是，我對那種奇形怪狀、還會扭來扭去的生物真的沒轍……光是看到就腿軟了。」

自從小時候有朋友把毛毛蟲丟到自己身上以後，他就怕死所有的昆蟲了——並垂頭喪氣地嘟囔，樣子看起來非常沮喪。

「那個……」讀美的聲音讓並抬起頭來。

「什、什麼事？」

「實在很難以啟齒，但是……既然掉了一隻下來，就表示這棵樹上可能還有很多……呃，牠的朋友。」

媽呀……並仰望著正上方，發出奇怪的叫聲。下一瞬間，幾乎是連滾帶爬地從樹蔭下滾到太陽下避難。動作之敏捷，從他平常老成持重的態度完全想像不到。

「……發生什麼事了？」

這時，徒爾終於回來了。他單手扛著椅子，一頭霧水地問道。並一屁股跌坐在草地上，故作鎮定地回答：

「呃……抱歉，我想午餐還是在書店裡吃好了。不好意思，徒爾，可以請你把餐點端進去嗎？我也會幫忙的。」

「這倒無所謂……」

徒爾顯然還搞不清楚事情的來龍去脈，對主人的狼狽也沒有太大的反應，就只是雲淡風輕地開始為餐點搬家。他一口氣把三個盤子端在手上，絲毫不比餐廳的工作人員遜色。

「抱歉，我也……啊！」

語聲未落，並的眼眶裡盈滿了淚水。

「怎麼了？」

「……抱歉，我站不起來。」

「……那我先把餐點端進去了。」

徒爾沒問並為什麼會變成這樣，逕自將餐點端回書店裡。讀美也幫忙端飲料，與他一起走進書店裡。

回到書店裡，徒爾丟下一句：「我去把少爺帶進來。」然後丟下讀美轉身就走。

「發生什麼事了？」

沒事做的讀美杵在櫃臺裡，只見朔夜從書架間現身。似乎很想知道門口——不對，是外面發生的騷動。

「呃，其實是，並先生剛才……」

讀美一時半刻不曉得該不該說，但最後還是一五一十地告訴朔夜事情的始末，就是並被毛毛蟲嚇到站不起來，徒爾去帶他回來的事。

聽完讀美的敘述，朔夜的表情蒙上一層陰影。

「……原來是這麼回事啊，我就知道。」

「你知道什麼？這麼回事又是怎麼回事？」

讀美追問他知道什麼，於是朔夜揚起低垂的視線。

讀美愣了一下……因為朔夜的表情看起來泫然欲泣。

「朔夜？」

「妳……」

「什麼？」

「……妳不怕毛毛蟲嗎？」

「咦？嗯，不怕，因為我已經習慣了。」

雖然不喜歡，但也沒討厭到會尖叫逃跑的地步。因為經常要在充滿了大自然的神社裡消磨時間，接觸到昆蟲機會自然就變多了，久而久之也就習慣了。像是燕尾蝶的幼蟲，以外形來說還算是可愛的了。讀美老家那邊還有許多顏色或形狀都更噁心的昆蟲。

「這樣啊……」

這次換朔夜露出如釋重負的表情。為何會露出這種表情呢？讀美大惑不解。

沉默。

並和徒爾還不回來。好慢啊……讀美看了門口一眼。

「我說讀美……」

朔夜喊她，讀美反射動作地回以「有！」同時注意到一件事。

這是朔夜第一次喊她的名字。

明亮的灰色瞳眸一瞬也不瞬地盯著讀美看。

「什、什麼事？」

讀美怯生生地反問。只見朔夜以讀美從未見過，真摯且嚴肅的表情說：「有件事想請妳幫忙。」

打工時間結束後，讀美向並要求繼續留在書店裡。

為了完成「朔夜交給她的任務」。

「……就是這個。」

除了自己的本體以外，朔夜還抱了另一本相當大本的書走來。

美麗的秋香色封面，乍看之下還以為是本金黃色的書。封面上描繪著蝴蝶與植物的圖案，以及燙金的書名。已經出版很久了嗎？總之給人一種年代久遠的感覺。

讀美接過那本書，又大又厚重，所以沉甸甸的。

讀美用雙手把那本書重新捧在懷裡的瞬間，眼前出現了一隻翩然飛舞的彩蝶，停在書的邊上，慢條斯理地搧動藍色的翅膀。蝶翅在光線的明暗下，閃爍著極光般的七彩霓虹，美得讓讀美捨不得移開目光。

「好漂亮的蝴蝶……」

「這隻蝴蝶就住在這本書裡。」

這句話讓出神地看著蝴蝶的讀美回過神來。

她仔細地打量蝴蝶。

右邊的翅膀閃爍著綢緞般的璀璨光芒，上頭有一道怵目驚心的裂痕，看起來好痛的感覺。

讀美看著朔夜。

「只要把這本書修好就行了吧？可是，為什麼要找我……讓並先生來做不是更好嗎？」

「唯獨這本他修補不來。」

「為什麼？」

「妳打開來看就知道了。」

讀美在他的催促下翻開那本書。

只一眼就被震懾住了。

書裡充滿了各式各樣的昆蟲圖片，而且是以精細的筆觸寫實地描繪出攀爬在花草莖上的毛毛蟲，生動得就像隨時都要從書裡爬出來。原來這是一本昆蟲圖鑑，書裡描繪了無數蝶與蛾的幼蟲。

看到這本書的內容，讀美明白朔夜的意思了。

「並先生該不會……」

因為不敢看才無法修補？朔夜有些不堪其擾地點點頭。

「妳猜得沒錯。我三番五次地要他把這本書修好，那傢伙就是死活不肯答應，每次都用『我也很想這麼做啊』來搪塞過去……因此，當我聽說中午發生的事，整件事都兜起來了。他並不是不肯答應，而是不能答應。可是……」

朔夜用指尖敲了敲讀美懷裡那本書翻開的頁面。

「我就是沒辦法對這傢伙置之不理。」

朔夜以心有千千結的眼神凝視那本蝴蝶的書，然後把視線轉向讀美的雙眼。

「所以拜託妳，請把這傢伙修好。如果是現在的妳，應該辦得到吧？」
「是辦得到沒錯啦……可是我可以擅自修補嗎？」
「放心吧！我剛才已經先徵得並的同意了。」
「呃……你的意思是說……」
「想也知道吧！他說『既然我無能為力，只好拜託讀美了』。」
讀美露出苦笑。也就是說，並已經承認自己「因為無法直視毛毛蟲的圖片，所以無法修補」。原來如此，所以並才會拚了老命要讓讀美學會修補的方法，他是希望讀美能代替自己把這本書修好。
「真是個老謀深算的人啊！」
「老謀深算？妳是指並嗎？」
「嗯。我還以為他是個老實人。」
啊，不要告訴他喔——讀美趕緊加上這句。要是讓老闆知道自己在背後這麼說他，肯定得吃上一頓排頭吧！
然而，似乎沒有請朔夜保密的必要。
「如果是這樣的話，那妳的眼睛肯定被狗屎黏住了，那傢伙的城府根本深不見底好嗎？」

朔夜輕描淡寫地說出更惡毒的評語。

「言歸正傳，妳真的不怕毛毛蟲嗎？」

「嗯，當然不到喜歡的地步……但不會怕喔！再說了，不管是什麼內容，也不能就這樣放著這本書不管吧！到底是哪裡需要修補呢？」

沒回答。

讀美不解地看著朔夜。

「朔夜？」

「啊……沒事。呃，需要修補的地方嘛……」

讀美坐在櫃臺前的椅子上，把書放在桌上。朔夜也急忙用本體把另一張椅子拉過來，慌慌張張地坐上去。他剛才在想什麼呢？讀美偷看了他的側臉一眼，但朔夜已經將目光移到昆蟲圖鑑上了。

「這本書沒有頁碼，大概是靠近正中央的……這裡。」

朔夜小心翼翼地把書輕輕翻開，指著破損的部方。那一頁有道將近十公分的裂痕，像是被人用力扯破的。這就是蝴蝶翅膀上的傷痕。

「看起來好痛……」

「傷口這麼大，我想應該是真的很痛。」

「你也破損過嗎？」
「破是沒有破過啦！不過以前曾經不小心撞凹過書角。」
朔夜用食指指著自己的頭。仔細看，那裡似乎的確有個凹進去的部分。
「所以你才這麼小心翼翼地保護著本體嗎？」
「對呀！這就是我的身體。要是破損得太嚴重，我可是會死翹翹的。」
「問題是你也太小心了吧！簡直是過度保護。」
「妳想想看，要是撕掉這本書的其中一頁會發生什麼事……」
讀美想像了一下，閉上嘴巴。光是想像就覺得好恐怖。
「所以才不讓我看嗎？」
「什麼？」
「因為不想弄髒或弄壞……所以才不讓我看嗎？」
初次在桃源屋書店遇見朔夜的時候，朔夜就拒絕讀美想閱讀他本體的要求。是因為害怕別人碰他，才那麼不客氣地拒人於千里之外嗎？
然而，朔夜卻輕輕地搖頭。
「不是，不是那樣，不是那樣的……」
朔夜抱著書的右手稍微用了點力的反應沒有逃過讀美的法眼。他低垂的視線在半空中游移，似乎有些迷惘。

怎麼了？發現讀美在觀察他，朔夜一眼瞪回來。

「別、別管我的事了，趕快把這本書修好。」

「好啦！好是好，但你不要命令我，聽起來很讓人不爽。」

「……已經養成習慣了，我也沒辦法。」

瞥了滿嘴藉口的朔夜一眼，讀美比照昨天做過的，開始準備修補的作業，把工具排在桌上。

「對了，妳是高中生吧？」

讀美剛開始修補，坐在旁邊的朔夜就向她搭話。老實說，這只會讓她分心，但讀美還是捺著性子回答。

「是又怎樣？」

「沒怎樣，只是這麼一來，我們的年紀幾乎一樣大。」

「朔夜，你幾歲？」

「好像是十八歲吧！」

「十八？那你憑什麼說我是小丫頭……還有，『好像』是什麼意思？」

讀美抓著他含糊不清的回答反問。朔夜搔搔臉頰。

「我對自己的事情不是很清楚。十八歲指的是本體的年齡。」

「所謂的幻本，不是在印製的時候就有靈魂棲息在裡面了嗎？」

「是這樣沒錯，所以年齡應該是符合的。可是我沒有父母，所以事實如何，根本沒有人知道。」

原來如此，讀美邊聽邊用毛筆將糨糊與木工用白膠攪拌均勻。他對自己的事並不清楚，但是印在書本後面的出版紀錄自有一套他的出身，所以朔夜才會說得那麼不確定。

話說回來，讀美還沒想過他沒有父母這件事。朔夜的父母不是去世了，而是打從一開始就不存在。讀美想起自己的父母，想像萬一他們不在了……雖然一直覺得父母很討人厭，但是萬一父母不在了，還是會覺得很孤單。

「妳為什麼會來這裡打工？」

朔夜繼續問她。

「為什麼會想要在這裡工作？」

讀美認為他問得太深入了。真稀奇，明明直到昨天還是一副「我對妳這種人才沒興趣」的態度。

幹嘛問我這種問題——讀美正想反問，話到嘴邊卻又吞了回去。再也沒有比逞口舌之快更簡單的事，但是這句話一說出口，朔夜恐怕就不會再跟她說話了。

……那樣有點可惜。

好不容易打開話匣子，這傢伙再怎麼可惡，畢竟是本活生生的書。讀美對他充滿好奇，當然也想跟他再多聊一點。

要如何把談話延伸下去呢？

「……我想向書本報恩。」

思考過後，讀美將用來回答並的理由又說了一遍。

如果希望對方坦誠相對——首先自己就必須先據實以告才行。

「報恩？」

「沒錯，因為書幫了我很多。」

讀美用毛筆尖沾水，將綜合膠均勻地推開，一面回想小學、國中時發生的事，校園霸凌、家庭問題……還有孤獨。

「……從我懂事起，書中的世界就是我逃避現實的地方。當我閱讀、沉浸在書中的世界時，心情就能變得輕鬆，我很感謝書給了我一個能逃避現實的地方。要是沒有書的話，我肯定找不到自己的容身之處，我的心肯定也早就支離破碎了……所以，我想向書本報恩。」

當綜合膠呈現出均勻的濃度，讀美丟下一句「先讓我集中一下注意力喔！」將其薄薄地塗抹在破損的頁面，反覆塗上幾層之後，再把破掉的部分重疊上去。然後像鍍膜似地再次塗上一層膠，放下毛筆，用指尖按壓。

最後再用烘焙紙蓋住，一連串的作業便大功告成。

「很好，完成了。」

讀美說完，彷彿要一掃剛才尷尬的氣氛，大步走向朔夜的方向，把剛才說到一半的話接下去。

「之所以努力地學習修補，也是因為這個原因。這一切都是為了書，還有……我也想留在這裡。」

不可思議的書店，充滿了讀美的夢想，也是宛如珠寶盒的地方。

朔夜以前曾經對讀美說過：「這裡沒有妳的容身之處。」但是這麼棒的地方肯定再也找不到了。

因此，讀美希望能得到肯定。得到朔夜——這個活在書本裡的人的肯定。

說她「也可以待在這裡」。

「……是喔。」

因此，朔夜這句不當一回事的話令讀美大受打擊。她低下頭，心想這也是沒辦法的事，從他嘴裡聽到自己想聽的話可沒這麼簡單。但她還是覺得很不甘心，她都已經把難以啟齒的過去向他交代清楚了，他卻沒什麼反應……早知道就不告訴他了。

「妳想待著就待吧！」

因此，當讀美聽到這句話的時候，原本已經心灰意冷的她頓時懷疑起自己的耳朵，那是她期待已久，還以為永遠都聽不到的話。她不敢置信地抬頭仰望朔夜，只見朔夜似乎有些手足無措，在椅子上扭動著身體。

「咦？你剛才說了什麼？」

「別讓我說第二次！」

「欸，騙人的吧？再說一次！」

「不要，才不要，死都不要。」

朔夜板著一張臉，把嘴巴閉得比蚌殼還緊。讀美不依地鼓著臉頰，不過表情馬上就放鬆下來，因為她其實聽得很清楚……他答應讓讀美留下來了。

彷彿隆冬十二月塞了一個暖暖包在胸口，心裡頭暖烘烘的。那股熱氣正緩緩地在身體裡擴散開來，感覺非常舒服。

「……謝謝你，朔夜。」

「我什麼都沒說。」

朔夜把頭撇向一邊。真是個傷腦筋的人啊！該說他不老實呢？還是什麼的。

話說回來，只要不是諷刺和罵人的話，真希望可以和他多聊一點啊……

……就在讀美想著這件事的同時。

腦海中倏地閃過前幾天和文香聊天時想到的事。

當時，讀美曾經想過，或許可以再多了解他一點。

再多了解他一點也無妨——雖然她隨即便搖頭否認了這個念頭。

她對他的確很好奇，這是自己的真心話。

受到否定和言語攻擊，導致她硬生生地壓下渴望接近他的心情，但其實不是這樣的。或許只是單純的好奇心，因為他是世上少有的活在幻本裡的人。可是……

她想了解他，這個心情是認真的。

她想聽他說話。

「朔夜。」

讀美闔上蝴蝶的書，重新面向朔夜。朔夜嚇了一跳。

「……幹嘛啦？」

「我已經講完自己的故事了。既然你都聽見了，也該說說自己的事吧！」

明明是自己主動告訴他的，讀美卻佯裝不知。朔夜似乎有些困惑，視線不知所措地飄來飄去。

「我的事？」

「沒錯。像是你為什麼會在這裡？來到這裡以前又在做什麼……啊，還有你老是站在神壇前幹嘛之類的。因為我是第一次見到書本裡的人，有一大堆想知道的事！」

「哪、哪有可能一口氣說完啊！笨蛋。再說回來，是妳自己連我沒問的事都一古腦兒地講出來好嗎……」

「可是一開始發問的人是你啊！不用一口氣說完也沒關係，你可以一題一題慢慢回答。」

讀美不肯放過狼狽萬分的朔夜。自己已經告訴他自己的事了，朔夜勢必也得說點什麼才行，否則太不公平了。

「……我是三年前到這裡來的，是並把我買回來的。」

朔夜認命似地開口。讀美催他繼續往下說：「嗯，然後呢？」

「我一直沉睡著，直到並來找我。」

「沉睡著？」

「幻本一旦回到書架上，就會變得很安分對吧？那就是在沉睡。一旦進入那種狀態，就看不到平常在外面晃來晃去的樣子……我大概睡了整整五年。」

「五年？這麼久？為什麼？」

朔夜沒回答這個問題，但是讀美沒有忽略那一瞬間，他露出了彷彿灌下苦澀咖啡的表情，看來是他不想提起的往事。

「至於神壇……」

正當讀美不知該怎麼打破沉默的時候，朔夜率先開口。

「啊……嗯，沒錯沒錯，還有神壇。你每天都對著神壇祈禱對吧？那是在祈求什麼？」

讀美得救似地咬住這個話題，以輕快的語氣試圖趕走變得沉重的氣氛。

但朔夜的答案卻讓讀美大受震撼。

「我想變成人類。」

飽含愁思的語氣令讀美「咦？」地愣住了。朔夜茫然地望著神壇的方向，將視線拉回到動彈不得的讀美身上。

然後把右手伸向讀美。

讀美就被像釘在原地似地動彈不得，對他伸出來的手不知所措。這一切發生得太過突然，思考回路似乎斷訊了，就連眼皮都抬不起來。只有朔夜的手在眼裡無限地放大。

眼看著他的手就要捧住讀美的臉。

讀美屏住呼吸。

然而，他的手卻無法觸摸到讀美的臉頰。只見他的手就像空氣一般透明，由指尖沒入讀美的皮膚裡。感覺有體溫拂過，但沒有任何真實的觸感。

朔夜把手縮回去，不勝唏噓地笑了。

「……這個身體無法接觸到書本以外的東西，很可笑吧！」

朔夜凝視著自己的手，喃喃自語地說。

「徒然具有人體的外形，卻不是真的人類。妳雖然看得見我，但是在妳面前的我這個人，只有本體的幻本是有形的……我想得到肉體，我想成為真實的存在。」

朔夜的陳述和表情，都讓讀美感到胸口揪成一團地隱隱作痛。

書居然有生命，這是多麼美好的一件事啊……她曾經這麼想。

但那只是擁有肉體的人類事不關己又一廂情願的感想。事實上，只能依附在書本上的生命才不會這麼想，朔夜似乎對不聽使喚的身體感到憤怒與焦躁。

不過，朔夜試圖打破沉悶的僵局說：

「如果能得到肉體，我很想做一件事。」

「什麼事？」

「我想提筆寫字。」

為什麼是寫字呢？朔夜繼續解釋給不明所以的讀美聽。

「因為我現在這個身體只能碰到書，所以也只能看書。我看了一大堆文字。卻不能寫字，這實在是太遜了。要是我有身體、有手有腳的話，不過是寫個字而已，有什麼難的？但現在的我卻有心無力，這點讓我非常不甘心。」

原來如此，讀美明白他的意思了。提筆寫字——這的確是只有人類才辦得到的事。若是機器人則另當別論，至少其他的動物或植物都辦不到。

「所以我才會向那座神壇祈禱：『請讓我變成正常的人類』。」

讀美茫然地望著神壇的方向。

……變成正常的人類？

「這種事有可能發生嗎？」

「並是這麼說的，他說有神居住在這間書店裡。」

「嗯……好像還有不可思議的力量之類的？」

「沒錯，就是那個。神的幻本就在這座神壇裡，所以神就住在裡面。」

「搞不好我看過那個神喔！」

什麼？朔夜悚然一驚，然後下一秒鐘便興奮地探出身子追問：

「真、真的嗎？」

「嗯，大概是真的，如果我沒看錯的話。」

讀美想起昨天要從店裡離開的時候，在神壇前面看到的景象。臉上戴著書頁般的面具，一身雪白裝束，不可思議的少年。

「這樣啊……真的有啊……」

朔夜露出卸下心中大石的表情。讀美微側臻首，不明白他為何出現這種反應。朔夜壓低聲音，與她分享這個秘密。

「因為神一直不肯現身。至少我從未見過祂從幻本裡出來。可是——那個神好像真的能賜給幻本肉體。」

「……你說的是真的嗎？」

話題的展開太過於異想天開，令讀美瞠目結舌。

朔夜以嚴肅的表情頷首。

「照並所說，過去就有幻本裡的人真的得到肉體了。」

「這、這也太神奇了吧！……可是，要怎麼變成人類呢？」

「我要是知道的話還用得著傷腦筋嗎？」

朔夜用本體的幻本敲了讀美的腦袋一記，把幸運草的髮夾都給敲歪了。讀美嚇了一跳，按著頭往上看，只見朔夜笑得跟個天真無邪的少年似的。

「……嗯，你也能這樣笑啊？」

「什麼意思？」

「我是說真想不到，我還以為你是不會笑的。」

「妳把我想成什麼了？」

討厭的傢伙——讀美只在心裡想著，沒有說出口。既然他好不容易展顏一笑，要是再回到原狀就太可惜了。朔夜揚起嘴角，看著噤口不言的讀美。

「遇到有趣的事、開心的事，任誰都會笑吧！」

「意思是說你現在遇到很有趣、很開心的事嗎？你覺得和我說話很有趣？很開心嗎？」

「這個嘛……」

朔夜聳聳肩，露出不置可否的表情。

讀美不顧一切地伸出手，雙手抓住朔夜的書，把朔夜嚇得大驚失色。

「喂、喂……妳幹什麼……」

「求求你，讓我閱讀你的內容！」

「我不是說過不行嗎？」

「為什麼？我會很小心的。好不好？」

「……不好。」

「無論如何都不行嗎？」

「無論如何都不行，我不會給任何人看的。」

「任何人？也包括並先生嗎？」

「沒錯，我也不讓他看。」

「……小氣鬼。」

「隨便妳怎麼說。」

朔夜將本體從讀美手中抽走，惡狠狠地瞪著心有未甘地死盯著他看的讀美。

「真是的，對妳還真是不能大意呢……妳為什麼會對這本書這麼執著呢？」

「因為很漂亮嘛！」

讀美想也不想地回答。朔夜的眼珠子差點沒掉出來。

「我第一次看到的時候就覺得這本書好漂亮噢！亮晶晶的，光是看到就讓人覺得好幸福。我覺得這本書好棒，我喜歡這本書。」

讀美如癡如醉地凝視著幻本，朔夜的臉倏地脹紅，用手遮住嘴角。讀美對他的異樣反應感到不解。

「朔夜？你怎麼了？」

「妳這個笨蛋，還好意思問我怎麼了……是要我說幾次啊？這本書就是我。」

啊！讀美恍然大悟，意識到朔夜的言下之意，真想挖個地洞鑽進去。

因為讀美讚不絕口的，其實就是朔夜本人。

自己真是個大笨蛋，讀美下意識地把視線從朔夜身上移開。臉頰好熱，熱到害她誤以為自己是不是正在曬太陽。

「……抱歉。」

「不會，這也沒什麼……」

彼此客套一陣之後，陷入了沉默。

讀美悄悄地抬頭望向朔夜。

結果與朔夜四目相交。

「噗！」

「哈！」

大眼瞪小眼了好一會兒，兩人不約而同地笑出聲音來。太好笑了，直到剛才都還想不到彼此竟能如此相視而笑。

「妳真是個奇怪的傢伙。」

朔夜笑著說。讀美「哼！」地嘶起嘴。

「等一下，你趁亂說了一句很沒禮貌的話喔！」

「錯了，我是在稱讚妳喔！」

這算什麼讚美啊？讀美不依地瞪著朔夜。

「可是啊，不管你再怎麼不情願，一旦你受到損傷，在修補的時候還不是要被看光光？」

「或許吧！但我又不會受到損傷。」

「總有不測風雲的時候吧！萬一……我是說萬一喔！萬一你需要修補的時候，可以給我看嗎？」

「真是烏鴉嘴，而且誰要讓妳修補啊！不過，倒也無妨。」

「你說的喔！不可以反悔喔！」

「沒問題，反正我是絕對不會受傷的。」

朔夜總是小心翼翼到近乎神經質地抱著他的幻本，不讓任何人碰。所以就連讀美也很清楚，他的確不會輕易受傷。

「不過，既然約好了，就要遵守約定喔！」

「好啦，我答應妳，到時候就讓妳修補。」

朔夜「嘿嘿嘿！」地露出不懷好意的笑容，然後慎重其事地抱緊他的幻本。

「反正那個萬一是絕對不會發生的，妳大可放心。直到我變成人類為止，都必須好好地保護這本書，不能讓我自己受到任何傷害。」

讀美可以感受到朔夜重視本體的心情，他的模樣讓讀美的臉頰也自然而然地放鬆下來。

「希望你可以變成人類。」

這句話是她的肺腑之言，要是他能得到肉體就好了。

為什麼會這樣想呢？是因為同情他的身體如此不自由嗎？

還是因為那是朔夜的心願？

讀美覺得很不可思議，自己為什麼會希望他的願望實現呢？

伸向自己的臉頰，卻無法觸碰的指尖，在讀美的腦海中宛如綻放在夏日夜空的煙火般一閃而逝。

第四章

愛情與友情與神的祈禱書

你知道嗎？
有神住在這家書店裡。
據說神可以讓墜入愛河的書本
擁有肉體，
變成人類。

——摘錄自紡野文香著《神居書店》

那天是暑假開始後的第三個禮拜天，讀美已經修補過好幾本幻本了。

「妳要跟我說什麼？」

讀美在上週也來過的咖啡廳裡，和上次一樣，與文香面對面坐在桌子的兩端。兩人的聖代都已經吃了一半以上。

店裡的客人比上次來的時候還要多，或許是因為七月已接近尾聲，暑氣變得更加熾熱的關係吧！太陽今天也毫不留情地照射在幸魂市的大宮這裡。為了隔絕恐怖的紫外線殘害，幾乎所有走在街上的女性全都人手一把陽傘。

「……說啊，讀美。」

讀美原本一直拚命攪動著聖代杯裡的奶油，在文香的催促下，終於把視線從湯匙上抬起來，只見文香大惑不解地微側著臻首。

「讀美，食物不是讓妳拿來玩的喔！」

「嗯、嗯。我知道，對不起。」

「算了，這不是重點。妳到底想說什麼？」

「是、是這樣的……」

又被催了一次，讀美終於下定決心開口，只是說到這裡又接不下去了。先閉上嘴巴，呼出一口氣，重整旗鼓。

「……抱歉，臨時又找妳出來……是因為我有件事情想跟妳說。」

「沒問題，妳想說什麼都可以喔！瞧妳一副欲言又止的模樣……啊！該不會是那個打工的前輩又害妳積了一肚子的苦水？」

文香一語中的，讀美嚇得差點跳起來。於是文香露出「我就知道」的表情，抱著胳膊猛點頭。

「看妳的樣子，我猜對了吧？是他說了什麼氣死人的話嗎？還是又欺負妳了？要我去幫妳教訓他嗎？敢欺負我們家讀美，我可饒不了他……」

「不……不是的。不是妳想的那樣……而是……那個……」

文香詫異的視線釘在吞吞吐吐的讀美身上。

承受不住文香的視線，讀美六神無主地掀動嘴唇。低下頭，嘴巴張開又閉上地重複了將近三次，最後抿成一條線，再次打開。

「……我很在意那傢伙的事。」

讀美用指尖把餐巾紙的包裝袋揉得縐巴巴的，好不容易才擠出這句話來。

文香貌似有一瞬間聽不懂她在說什麼，慢條斯理地連眨了兩下眼睛，好像才終於進入狀況。

「咦？欸！也就是說……妳可能喜歡上他了？」

「我、我不知道……！」

讀美心裡充滿了想逃走、想鑽進桌子底下的衝動。可是一想到文香是特地為她出來的，只好壓下這股衝動。感覺臉頰熱得像是有火在燒，視線追逐著桌子上的木紋，一字一句地娓娓道來。

「前幾天，我們聊了一下，結果發現那傢伙其實沒我想的那麼糟糕……」

他說出讀美想聽的話，那句讀美一直想聽的話。他說，讀美可以留下來。她好高興，心裡滿滿的都是感動，還看見他的笑容，接下來的幾天……

當讀美察覺到異狀的時候，腦子已經不太正常了。她把這一切都歸咎於天氣太熱的緣故。

「無庸置疑地，我還是很討厭他喔！可是，我的眼睛會自動搜尋他的身影，想和他聊天，一旦說上話，還會有點開心，一看到他的笑容，就會想要多看一點，我以前從未有過這種感覺……」

「讀美讀美，暫停一下。」

文香伸手在讀美面前揮了揮。讀美抬起頭來，只見文香正用嚴肅萬分的表情注視著她。

「什、什麼事？」

「我說妳啊，根本是已經完全喜歡上他了嘛！」

「什麼？」

「妳、愛、上、他、了。」

不是疑問句，而是肯定句。讀美瞪大了眼睛。

「……這就是『喜歡』嗎？」

「那個，讀美小姐，妳該不會還沒談過戀愛？沒喜歡過任何人吧？」

仔細想了一下，讀美點頭承認。話說回來，從懂事的時候開始，她就不理人，光顧著看書，自然也沒喜歡過什麼人，頂多只對出現在故事裡的人物心動過罷了。怦然心動——她對朔夜的確有這種感覺也說不定。原來如此，原來這就是愛情啊！讀美至此終於反應過來。這是她的初戀。

「這麼說來，好像確實從未聽妳眉飛色舞地提起過談戀愛的事……」

文香頭痛似地用食指揉了揉太陽穴，她那樣子讓讀美感覺自己好像做了什麼壞事，連忙向她道歉：「對不起。」

「妳完全不需要向我道歉喔！原來如此，原來是初戀啊……」

「什麼初戀不初戀的，我又還沒承認……」

「少來了，妳自己也很清楚吧！」

讀美覺得臉頰火燙，文香一臉粲笑地湊過來，越過半張桌子，擠到讀美面前。

「他是個什麼樣的人？」

「咦……什、什麼樣的人……」

「告訴我嘛！我們不是好朋友嗎？」

好朋友——這三個字讓讀美暗自一驚。

曾經不被承認的關係，不確定能不能承認的關係，她完全不曉得該怎麼處理的關係。明明那麼想要，卻始終不敢把手伸出去的關係。

「什麼？難……難不成只有我以為我們是好朋友嗎？」

文香似乎也察覺到讀美的遲疑，露出泫然欲泣的表情，坐回自己的椅子上，周圍的空氣一下子變得好沉重。

「文、文香，那個，我……」

「好過分……我還讓妳看了我寫的作品。明明很不好意思，但如果是妳的話就無所謂……結果妳並沒有把我當成好朋友……」

「是——是好朋友喔！」

讀美為了留住文香大喊。

「啊……」

店裡所有人的視線都集中在她們這桌。

意識到這一點的讀美把自己縮得小小的，打圓場地清清喉嚨。

「就……就是這麼回事。我們是好朋友喔！所以請妳不要再露出那種表情。」

「真的嗎？」

「當然是真的啦！我沒騙妳喔！我一直認為文香是我的好朋友。」

才怪，她只是希望而已，希望她們是好朋友。

膽小鬼的心態讓她一直不敢正視這件事。一想到可能會被拒絕，就無法坦率地敞開心房。

可是，不只有讀美的心會受傷，也有人會因為讀美的拒絕而受傷。她終於意識到這一點。

把心情攤在陽光下是一件很可怕的事，可是，讀美想要相信——

想要相信文香說的話。

「太、太好了！」

文香如釋重負地握住讀美的手，然後再度壓低了聲音說：

「……所以呢？他是個怎樣的人？」

「妳、妳還是要問喔？」

「我當然想知道好朋友喜歡上什麼樣的人啊！」

文香緊咬著不放，讀美只好豎白旗投降。

「……年紀比我大一歲。金髮，看起來有點不良少年的樣子，但長得很好看。說話很難聽，態度也很差，但是我想也有善良的地方。」

自從讀美把蝴蝶的幻本修好以後，每當她工作累了，朔夜就會來催她休息，或者是提醒她去轉換一下心情。說話雖然還是夾槍帶棒的，但讀美很清楚地接收到他的體貼。

「嗯哼，金髮、有點不良少年的樣子倒是挺意外的……還有呢？還有呢？」

文香像個好奇寶寶似地探出身子追問。

「還有啊，他……」

話說到一半，讀美想起典子的交代。

典子要她把書店的事當成是她們之間的秘密，再說下去的話，勢必也得提到書店吧！這麼一來就會對典子失信了。讀美有些進退兩難。

「讀美？」

讀美注視著文香。好朋友，這個稱自己為好朋友的人，是對她而言非常重要的存在。

決定了。讀美下定決心。典子老師，對不起，我想讓文香也知道關於朔夜和書店的事。

讀美做出要文香靠近一點的手勢，她順勢把臉湊上來。

「……那個啊，妳可能不會相信……」

「嗯。」

「他是一本書。」

「書？」

「有生命的書。」

「有生命的書？」

「沒錯，他的靈魂棲息在書本裡。」

「妳說──書有生命?!」

「文、文香，小聲點！」

文香驚訝地大聲嚷嚷起來，讀美連忙制止她。文香這才回過神來，小聲賠罪：「抱歉……」

看了一下周圍的人，果然有幾個人正看著這邊。不過，他們的眼神一旦和讀美對上，便失去興趣似地把視線移開。

讀美鬆了一口氣，轉身面向正雙手合十向她道歉的文香。「沒關係。」讀美安慰她。於是文香一面注意著音量，提心吊膽地問：

「這、這是真的嗎？」

「是真的，但是希望妳不要告訴別人……」

讀美壓低聲音，告訴她幻本和桃源屋書店的事。有生命的書、販賣這種書的匪夷所思的書店……以及自己正在那裡工作的事。

文香起初的確是以不可置信的表情聽她說，但是聽著聽著，臉頰逐漸染上紅暈，似乎很興奮的樣子。話說回來，為了寫出更有趣的故事，她正到處收集資料，不可能會對這種話題不感興趣。只見她雙眼閃閃發光，彷彿找到了珍貴的寶物。

「好神奇喔！好神奇，居然有這種地方！感覺我的創作靈感都被激發出來了！」

文香伸出雙手，緊緊地環抱住自己，貌似正努力按捺住泉湧而出的創作靈感。她從正前方直視著讀美，懇求似地逼近她。

「讀美拜託妳！帶我去那家書店！」

「咦？帶妳去書店？」

「沒錯！我不會給妳惹麻煩的！求求妳！」

「現在就去？」

「可以的話務必現在就去！」

可以帶她去自己打工的地方嗎？讀美陷入沉思。文香不是鬧著玩的，所以也一定不會亂說話。想起自己第一次去書店的情況，好像也不用事先通知並。

「……妳可以保證絕不告訴任何人嗎？」

「那當然！」

讀美的問題讓文香正色地點頭如搗蒜，於是讀美微微頷首。

「嗯，那好吧！我們走吧！」

走過冰川神社的參道，途中鑽進右手邊的小徑，再穿過兩旁竹林夾道的羊腸小徑，轉過好幾個複雜的轉角，然後沿著長長的圍牆往前走，從低調地開在圍牆邊的門走進綠意盎然的庭園……

讀美帶著文香抵達桃源屋書店。

「呵呵，這裡是只有知道的人才能來的地方呢！簡直像不想被別人找到似的。」

文香回頭望著來時路說道，讀美也深有同感。所以只有經過口耳相傳，知道這家店存在的客人才有辦法上門。

今天是禮拜天，讀美不用上班，但書店本身應該有開門營業。書店沒有固定的公休日，並若想休息的話，那天就是公休日。今天倒是沒有聽他說要休息。

「辛苦了。」

讀美推開書店的門走進去，文香也跟著進去。

「咦，讀美？」

在門口就碰到朔夜了。知道是他的瞬間，讀美的心臟差點沒跳出來。

「怎麼了？今天不是休息嗎？」

「啊……嗯，我帶朋友來。」

「朋友？」

「你好，打擾了。」

「幸會。」朔夜不以為意地回答。

文香輪流看著讀美和朔夜，丟出一顆炸彈，「這個人就是讀美喜歡的人吧？」

讀美嚇得魂飛魄散。要是被朔夜聽到還得了……！

「呃，那個，文香說她想參觀一下書店裡面，可以嗎？」

「可以啊！應該沒問題吧！」

「並先生呢？」

「在談生意。」

「談生意，所以是有客人來囉？不好意思，這麼忙的時候還來打擾。」

「不會，妳們來得正好。」

「正好？什麼意思？」

朔夜意味深長地勾起一邊的嘴角，就連這種表情也讓讀美心裡小鹿亂撞。

……自己果然不太對勁，太奇怪了。

「我來解釋給妳聽，因為這是工作上的事。妳朋友可以自己在店裡逛逛嗎？」

「沒問題！」文香爽快地答應朔夜的提議。

「書架上的書碰是可以碰，但是在拿的時候要小心一點喔！要是妳敢弄傷那些書，我是不會放過妳的。」

「好、好的！那待會見了。」

文香得到朔夜的首肯，一臉雀躍萬分地衝進書架間。讀美目送她的背影消失在視線範圍內，轉身面向朔夜。

「所以呢？什麼事？」

「……妳還記得前陣子說還會再來的那個客人嗎？」

讀美想起這件事，點點頭。那是一位上了年紀，穿著打扮很有品味的男士。那位穿著米白色西裝的男士看了幻本，臨走之前說：「讓我再考慮一下……」

「那位客人今天又來了。而賣給那位客人的幻本就是那傢伙，妳之前修好的那隻蝴蝶。」

「咦……真的嗎？」

讀美在朔夜的請託下修理好的第一本幻本，裡頭棲息著美麗蝴蝶的昆蟲圖鑑，蝴蝶長著藍色的翅膀。

「真的。上次來的時候，似乎是因為頁面破損的關係才沒有當場買下，既然都已經修得差不多，就決定買回去了。」

「這樣啊……太好了。」

讀美覺得好高興。一方面是因為幻本和讀者配對成功了，另一方面則是因為自己修補的成果受到肯定。

只要努力必有收穫，讀美心想。

「只是『修得差不多』喔！」

「唔！這句話是多餘的……」

的確是，她的修補功力鐵定遠不及並的萬分之一。

見讀美像顆洩了氣的皮球，朔夜微微一笑。

「不過，還是多虧了妳。」

朔夜用本體的封面輕撫讀美的頭。

剎那間，讀美的臉唰地脹紅，那幾不可辨的重量令她心神蕩漾。

同時也不曉得該怎麼反應才好，該怎麼反應才是正確的？該怎麼反應，朔夜才不會覺得她很奇怪呢？怎麼辦？該怎麼做……

「住……」

「住？」

「住手啦！」

讀美下意識地大喊。

朔夜愣了一下。

「怎麼了？」

「咦，呃……沒什麼，只是希望你不要隨便碰我，被你一碰……該怎麼說呢？我覺得很困擾……」

雖然不討厭，但困擾是真的。每次朔夜碰到她的時候，她都會心裡小鹿亂撞，腦子裡一片空白，甚至無法維持正常的思考回路。好熱，身體好熱，臉也好熱。讀美方寸大亂。

自己好奇怪。

對手明明是朔夜……明明只是一本書。

這麼一來，不就表示她真的……

「汪！汪汪！」

這時，豆太一路狂奔而來，對著門口狂吠，讀美和朔夜全都大吃一驚地轉過頭去。

「怎麼啦？豆太。」

一叫牠，豆太就搖著尾巴、歪著脖子，是有誰來了嗎？

打開門一看。
門外並沒有半個人影。
「豆太，外面沒有人喔！」
「汪！」
豆太衝出去，在外面繞圈圈，然後朝書店吠了一聲，讀美順著牠的視線看過去。
「咦？這裡怎麼會有本書……」
只見地上倚牆而立地放著一本書。
白色的，厚厚的，像本字典似的書。
「這是什麼書？」
是店裡的幻本嗎？可能是像朔夜那樣，自己跑出去了。
「那是什麼書？」
「我也不曉得，就掉在那裡，不是這裡的書嗎？」
「沒印象……」
朔夜從讀美手中拿起那本書，翻看一下裡面。不知何故，臉上的表情有些失望，不一會兒就把書闔起來，失去興趣地還給讀美。

「嗯，總之先放在櫃臺，等並先生談完生意以後再說吧！」

讀美說完，走進店裡。她瞥了正在洽談的客人和並一眼，把那本書放在櫃臺上。豆太踩著小跳步追上來，似乎很好奇地仰望著那本書，不停地搖尾巴。讀美隨著豆太去玩牠自己的，在書架間走馬看花了起來。這麼說來，自從開始打工以後，這還是她第一次來書店不是為了工作。像這樣以客人的身分不慌不忙地參觀書架也挺不錯。就在她漫無目的地逛了好一會兒的時候。

「讀美，過來一下。」

文香從書架間探出頭來，對她招手。眼裡的光芒比平常還要燦爛好幾倍，眼珠子滴溜溜地轉，幾乎要從深邃的雙眼皮裡蹦出來了。

「什、什麼事？」

「這裡好棒噢！充滿了靈感的要素！我好想以這裡為原型寫一部小說……可以嗎？還是不行呢？」

「小說？嗯，我也不曉得，得問過老闆才行……啊，他好像談完了。」

客人和並一起走向店門口，男性客人心滿意足地道了謝離開，並也回以一個九十度的鞠躬。

「謝謝光臨，祝您閱讀愉快。」

直到客人的背影消失在庭園的另一頭，並才關上門。

「並先生。」

「哎呀，讀美，妳來啦！那位是妳的朋友嗎？」

「打擾了，我叫紡野文香！讀美受你照顧了。」

文香寒暄的內容活像她是讀美的父母似地，她的舉動讓讀美窘得面紅耳赤。

「哪裡哪裡，其實是我受她照顧了。」

並優雅地微微一笑。文香的臉都羞紅了，看了讀美一眼，讀美對她點頭示意。

文香下定決心似地開口。

「那、那個，老闆，請恕我冒昧……」

文香告訴並自己正在寫小說，還有想以這家書店為背景執筆的事。

「以我們家為背景？可以啊！沒問題。」

並爽快地答應了。

「世界上能有更多美好的故事是件可喜的事。而且妳的故事說不定會印成書吧？那麼熱愛閱讀的我當然要支持了。不過，我有一個條件。」

「請、請問是什麼條件？」

「請不要寫出書店的詳細地址，畢竟這裡是一家神祕的書店。」

「沒問題！反正我本來就想寫成發生在異世界的奇幻冒險！」

「那我就放心了。加油，寫完以後請務必也讓我拜讀。」

「好的！嘿嘿，我充滿幹勁了……那就一言為定，我得趕快把腦子裡的構想寫下來才行……讀美，我先回去了！」

「嗯、嗯，路上小心。」

「謝謝妳帶我來這裡！」

文香說完，對並行了一禮，向讀美揮揮手，像陣風似地走了出去。

「妳的朋友真有意思。」

望著文香的背影消失在門口，並莞爾一笑。這點讀美無法否認。

「好了，正事也已經談完了，我想喝杯茶。讀美也一起來吧！慶祝交易成立，我正想請徒爾開罐好一點的紅茶。」

「可以嗎？那就恭敬不如從命了。」

「在櫃臺喝吧！」

「啊，這麼說來，並先生……咦？」

讀美走進櫃臺，整個人僵住了。

剛才放在櫃臺上的那本書不見了。

「我明明放在這裡……朔夜，你知道那本書跑哪兒去了嗎？」

「啥？我不知道。」

朔夜看起來很不高興的樣子，是因為自己剛才拒絕他的接觸嗎？讀美的心刺痛了一下。

「怎麼了？」

並問兩人之間發生了什麼事。讀美一方面在意朔夜尖銳的態度，一方面盯著書本消失的櫃臺說明：

「我把剛才掉在店門口的書擺在這裡，但是現在不見了……」

「是幻本嗎？如果是的話，可能是自己回書架上了，就像朔夜平常那樣。」

「說得也是。」

是那樣的嗎？讀美稍微思考了一下……然後接受這個想法。大概就像並說的那樣是幻本幹的好事吧！如果是幻本的話，會擅自移動也就沒什麼好奇怪的了。雖然沒看見宿主的身影和朔夜剛才說的「沒印象」令她有些耿耿於懷……但既然並都這麼說了，應該沒問題吧！

「我得先把交易的金額記在帳簿裡。徒爾應該會把紅茶端過來，妳就和朔夜邊聊天邊等吧！」

「啊，呃……冷氣吹得我有點冷……我先出去暖和一下身體。」

在現在這種情況下，根本不可能和朔夜好好說上話。讀美背對著並和朔夜，衝出書店。

「不過，剛才的反應好像不太好……」

讀美站在書店的屋簷下。

她剛才的反應跟逃走有什麼兩樣？可能已經傷害到朔夜，但是又不敢看他的臉，所以根本無從知曉他作何表情。

「唉，我真是個傻瓜啊……」

明明很想保持平常心，卻做不到，結果搞得自己的態度變得莫名其妙。

讀美嘆氣，從屋簷底下走到太陽底下，試圖讓頭腦恢復冷靜。

「這麼說來，並先生的家好像就在後面……去看看吧！」

讀美想起並說過，他家就在書店後面，於是便朝那個方向走去。

後面的小路一直往森林裡延伸，蓊蓊鬱鬱的草木全都修剪得既整齊又漂亮，但也長得十分茂密，幾乎遮斷了前行的路。就算前方真的有棟豪宅，想必也無法察覺。

蟬聲唧唧，音量大到蓋過讀美心中所想。唧唧、唧唧，腦海中只剩下這個聲音。

不一會兒，眼前的森林豁然開朗，偌大的宅子映入眼簾。

「哇！真的是豪宅……」

正當宛如城堡般的西式宅邸令讀美情不自禁地驚呼出聲時。

熟悉的老管家帶著一身肌肉從大門口現身。

是徒爾。

他也看見讀美，驚訝地挑起兩道濃密的眉毛。

「……讀美小姐，有什麼事嗎？」

讀美還沒想好要對他說什麼，徒爾已經先聲奪人。

「呃，我來參觀一下並住的地方。」

「這樣啊……茶已經準備好了，我們回去吧？」

徒爾左右開弓地端著擺滿茶具的托盤和裝有熱水的保溫瓶。讀美應了一聲：「好的。」和他一起走回書店。

讀美和徒爾並肩走在森林裡，思考著這位老管家的種種。單就外表來看，他實在是個很奇妙的老管家。仔細想想，這還是他們第一次單獨相處。就在讀美又開始煩惱要聊些什麼的時候——

「讀美小姐和朔夜大人的感情似乎還不錯呢！」

「什麼？」

突然聽見朔夜的名字，害讀美嚇得差點尖叫起來。徒爾靜靜地瞥了她一眼，從他的表情完全猜不透他在想什麼。

「我們看起來……像是相處融洽的樣子嗎？」

老管家只是微微地挑起兩道白眉，肯定了她的疑問句。

「……因為這是朔夜大人第一次向他人敞開心房。」

「敞開心房？朔夜嗎？他和並先生的關係還比較好吧！」

「他對少爺還有所警戒。雖然這種事輪不到我這個下人多嘴，但少爺的性格的確有點奇特。」

朔夜也說並是「外表天真、內心狡詐的老闆」，並的性格有那麼差勁嗎？

就在讀美大惑不解的同時——

「有一半是開玩笑的。」

原來是開玩笑嗎？讀美在內心大大地吐槽了一番。看樣子，這位看似嚴肅的老管家也會開玩笑。不過只有一半的話，就表示另一半是真的囉！

「並少爺對自己非常誠實，對於不拿手的事避之唯恐不及。朔夜大人就是對這點產生不信任的感覺——這是我個人的猜測。朔夜大人似乎對幻本們具有非常強烈的同儕意識，就拿那本昆蟲圖鑑來說好了，因為妳和少爺不同，不怕裡面的圖片，幫忙把書修好，他才肯定了妳這個人。在我看來，朔夜大人對妳敞開心房就是最好的證明。」

老管家難得說了這麼多話，這番話也讓讀美恍然大悟。原來如此，所以自從那天以後，朔夜就經常和她聊天。

「讀美小姐……」

被點到名的讀美抬起頭來，走在身邊的老管家正以平靜的眼神低頭看著她。

「讀美小姐又是怎麼想的呢？」

這個問題讓讀美想起朔夜，一顆心怦怦跳。

自己是否也肯定他的存在呢？

「我……」

這還用想嗎？

讀美用力地點頭。

「因為他說了我最想聽的話。」

讀美的回答讓徒爾瞇細了雙眼，摩挲著鼻子下方的鬍鬚。

「……幻本是種非常不確定、虛無縹緲的存在。沒有人類這麼堅強，也不像書本有確切的實體。是如夢似幻，缺乏實體的書……所以也有人稱之為夢幻之書。」

書店出現在綠色小徑的前方，在陽光下閃爍著雪白的光芒，徒爾注視著書店，彷彿看到什麼耀眼的存在，喃喃自語：

「得到讀美小姐的肯定，再加上朔夜大人倘若真心渴望，遲早有一天一定能變成人類吧！」

這句話簡直看透了讀美的內心，是煩惱著朔夜是書不是人的讀美最想聽到的一句話。

對話到這裡結束，讀美和徒爾一起走進書店。徒爾把茶具組放在櫃臺上，以熟練的動作開始泡紅茶。

「對了，讀美，謝謝妳把昆蟲圖鑑修好。」

並啜飲著倒在白瓷茶杯裡的紅茶，跟剛才的朔夜一樣，讚許著讀美的功勞。

「那個，請問我有幫上忙嗎？」

「當然有，正因為有妳的努力，那本書才能找到買主喔！要是我就做不到。」

並斬釘截鐵地說道，讀美的胸口再次掠過一道暖流。

內心深處湧出還要更努力的鬥志，能得到讚美與肯定是件很開心的事，她想幫助更多幻本。

總覺得只要能幫上忙，就能繼續留在這裡。

而這也等於是留在朔夜身邊。

「話說回來，朔夜人呢？」

「在書架上睡大頭覺。」

「咦？」

「對呀，妳不用放在心上。那傢伙一旦心裡有什麼不痛快的事，好像就會用這種方法來讓自己的情緒平復下來。」

話是這麼說，但讀美明知他是為了什麼事「不痛快」，自然無法不放在心上。

結果又過了三十分鐘，直到讀美回去的時候，朔夜依舊不曾從書架裡現身。

下次來打工見到他的時候再向他道歉吧——讀美心意已決地離開書店。

一定沒問題的，因為……

「他才肯定了妳這個人。在我看來，朔夜大人對妳敞開心房就是最好的證明。」

讀美想起徒爾說的這句話。朔夜已經肯定她了，所以只要向他道歉，他一定會原諒自己的。

等到誠心道歉，得到他的諒解之後，再好好地跟他多聊一些吧！為了更了解彼此的事，不要害羞，用真誠無偽的心情，推心置腹地與他交談。

腳步變得輕盈許多。

當天晚上過七點的時候——讀美的手機響起。

當時，讀美正躺在家裡的沙發上閱讀前幾天買的文庫本，一面等英子把晚飯煮好。液晶螢幕上顯示出並的電話號碼。發生什麼事了？讀美連忙把書籤夾進書裡，按下通話鍵。

「喂，讀美？」

並從話筒那頭傳來的聲音聽起來十分著急。讀美也跟著緊張起來，握著行動電話的手情不自禁地用力。

「是、是的，我是讀美。怎麼了嗎？」

「妳知道文香小姐的電話號碼嗎？」

「知道啊……有什麼事嗎？」

「妳現在可以過來店裡一下嗎？」

並以疑問句回答她的疑問句，令讀美愈發不安。文香做了什麼嗎？

「呃……好的，我馬上到。」

「可以的話請妳快一點，待會見。」

並只丟下這句就掛斷電話。怎麼回事？到底怎麼了？讀美毫無頭緒。

「姊，抱歉，我出去一下，打工的地方要我過去。」

「欸？那晚飯怎麼辦？要煮妳的份嗎？」

英子似乎還沒開始處理食材。從冰箱裡拿出來的食材原封不動地和鍋碗瓢盆一起躺在廚房的桌上。從食材來看，今晚的主菜應該是薑燒豬肉。

「嗯……我也不曉得幾點才能回來，就不要做我的份了，要是趕不回來反而對妳不好交代。如果肚子餓的話，我再去便利商店買便當好了。」

「不曉得幾點才能回來？但還是會回來吧？千萬不要被教官抓去輔導喔！」

「我想應該不會拖到那麼晚。」

「太晚的話要打個電話回來喔！還有，路上小心。」

和英子在廚房道別，讀美穿上球鞋，離開住處。太陽早就已經沉沒在遙遠的山稜線，西邊的天空還充滿了夕陽的橘色，夜色從東方的天空開始一寸一寸地侵蝕著大地。

心裡那股不祥的預感是怎麼回事……讀美加快了前往車站的腳步。

讀美幾乎是用跑的從大宮站衝向書店。

「呼……呼……欸，呃，並先生？」

讀美上氣不接下氣地衝進店裡，一路狂奔到櫃臺前，這才發現並站在神壇前。朔夜也在。兩個人——尤其是朔夜的表情十分凝重。讀美邊調整呼吸，走上前去。

「怎麼了？發生什麼事了？」

「妳可以過來一下嗎？」

並對她招手。讀美應了聲好，站在兩人之間，面向神壇。

「妳看裡面。」

在並的催促下，讀美不明就裡地往神壇裡頭窺探。神的幻本應該就放在裡面，但是看了又能怎麼樣……

——只看一眼，讀美就僵住了。

因為神的幻本不見了。

「我檢查過了，並和客人談事情以前都還在。妳回去沒多久，我就發現不見了。」

朔夜的話讓讀美轉過頭去看他，朔夜有些難以啟齒似地撇開視線。

「神從來沒有離開過這裡……所以，只能想到是被誰偷走了。」

「那個……你該不會是懷疑文香吧？」

並剛才在電話裡追問文香的電話號碼。

讀美注視著並，只見他不知所措地在眉間擠出皺紋，臉上的表情很是苦惱。

「……那段時間只有文香小姐一個人在店裡走來走去。來買書的客人一直和我在一起，讀美也和朔夜在一起。」

「可是文香不可能會做出這種事……」

「我只是就現況分析，在那麼短的時間內，有辦法把神的幻本偷走的人……就只有妳的朋友了。」

「怎麼這樣……」

「讀美，可以請妳告訴我文香小姐的電話號碼嗎？」

讀美背對著神壇，驀然佇立。

腦海中浮現出文香臨別之際的笑容。

——「謝謝妳帶我來這裡！」

想起友人宛如向日葵盛開的笑容，讀美咬緊下唇。

「……不可以。」

讀美恕難從命地不住搖頭。

一旦把電話號碼告訴並，文香接到他的電話肯定會很受傷。文香才沒有偷書，絕對不可能。讀美相信她，因為文香是她的好朋友，她不可能是會做出給讀美打工的地方帶來困擾的人。她不想傷害自己的好朋友——而且是生平第一個交到的好朋友。

「讀美……」

「不是文香做的！她不是那種會順手牽羊的人！我可以保證……所以請別把她當成犯人……」

「雖然妳這麼說，可是那本書……」

「我一定會找出犯人的！！」

讀美用盡全力地大喊，半步不讓地與朔夜正面對峙。她其實沒有自信能找出犯人。單從狀況來看，並想要打電話給文香也是理所當然的判斷。但讀美絕不能眼睜睜地看著好朋友被當成偷書的犯人。

她不希望文香受到傷害……

鼻子一酸，眼眶發熱，讀美屏住呼吸，拚命忍耐。

「……讀美。」

並輕聲細語地說，臉上掛著與平常無異的溫柔微笑，彷彿要開解淚盈於睫的讀美。

「我們又還沒有認定文香小姐就是犯人。」

「真的嗎……」

「真的。只是想告訴文香小姐這件事。妳如果相信她是清白的，更應該這麼做不是嗎？趁這件事還沒有鬧大以前。」

這麼說來，讀美這才恍然大悟。

沒錯，萬一這件事傳進文香的耳朵裡，萬一她從讀美以外的人口中得知這件事……文香肯定會很受傷的。那才是懷疑她就是犯人的措舉。她一定會問：「為什麼不告訴我？」

「……可以由我打電話給她嗎？我一定會把事情講清楚的。」

「當然可以啊！如果妳想自己說的話。」

並問她要不要用店裡的電話打，但讀美決定用自己的手機打給文香。

從通訊錄裡叫出文香的手機號碼，打出去。鈴聲響了四次左右，便傳來文香「喂？」的聲音。是平常的文香。

「那，那個，那個啊……文香。」

「怎麼啦？讀美，聽妳急成那樣，發生什麼事了？」

「嗯，事實上……我有話想跟妳說，妳可以不要生氣，先聽我說嗎？」

讀美將神的幻本在她們待在店裡的那段時間從店裡不翼而飛、只有文香沒有不在場證明的事一五一十、毫不隱瞞地告訴她。

「……就是這麼一回事，但我相信文香絕不是犯人。所以我一定會把犯人揪出來！一定會還文香一個清白！所以……」

「讀美。」

文香隔著話筒喊她的名字，讀美心驚肉跳地全身僵硬，她很怕聽到文香接下來要說的話。

事實證明，她只是杞人憂天。

「謝謝妳相信我。」

文香平靜的嗓音切斷了讀美緊繃的心弦，繃得死緊的肩膀一口氣放鬆下來。

「可是，這也難怪，從當時的情況來判斷，犯人除了我沒有別人了。嗯，不懷疑我才怪呢！」

「文香，沒人懷疑妳。」

「因為除了我以外，大家都有不在場證明不是嗎？不管是老闆、客人、讀美、金髮的小哥……還有那個黑髮的四眼田雞。」

「什麼？」
「什麼什麼？」
讀美提高聲調地反問，文香也同樣回以高八度的嗓音，讀美將剛才聽到的話在腦海中重播一遍。
「……文香，抱歉，妳最後一個說了什麼？」
「什麼？黑髮的四眼田雞嗎？」
「他是誰？」
「誰是誰？妳不認識嗎？」
「完全不認識！文香，麻煩妳說得詳細一點！」
讀美的氣勢讓在旁邊聽的並和朔夜都露出詫異的神情，她衝向櫃臺，拿出筆和便條紙。
「呃，那是一個黑髮、戴眼鏡、穿著白襯衫的男人……年紀和朔夜差不多吧！看起來很有學問的樣子，我還以為是個好男人呢！這家書店的男性素質還真整齊啊！這樣。不過我還是覺得並先生比較好，他看起來很溫柔的樣子……」
「文香，說重點。」

「啊！不好意思……呃，我看到那個人離開的時候，懷裡抱著兩本書。一本是白色的，像字典那麼厚的書，另一本則是比較舊、比較小本的書，上頭還有花的圖案，好像是白色的康乃馨吧！」

「就是那個人！」

讀美情不自禁地尖叫。

文香描述的第二本書的特徵與神之幻本一模一樣。換句話說，那個男人就是偷走神之幻本的犯人。至於第一本書的特徵嘛……

「還有隻小狗跟著他，所以我一直以為他是店裡的人……」

文香出人意表的話把讀美的思緒拉回來。

「小狗……該不會是豆太吧？」

讀美巡視書店一圈。這麼說來，的確不見平常總是跟前跟後的豆太身影。書架對豆太的體型來說太大了，所以豆太幾乎都處於放牛吃草的狀態。

「話說回來，那個人開門的方式很奇怪喔！像是把字典卡在門縫裡……嗯，現在可以想到的就這麼多了。」

「……文香，謝謝妳。如果妳又想起什麼，可以再給我個電話嗎？」

「廢話，這還用說嗎！我一定會打愛的熱線給妳，一定要接喔！」

聽完友人最後夾雜著玩笑話的回答，讀美掛斷電話，源源本本、一字不漏地將電話的內容轉告並和朔夜。

「假如妳朋友說的是真的，那個男的應該也是幻本。」

朔夜用左手抱著本體，把右手放在下巴上，思索著回答。

「這麼說來，讀美妳說那個時候從外面撿回來，放在櫃臺上的書消失了對吧？該不會……」

「……嗯，我也是這麼想的。」

聽到文香描述男人拿著書的特徵，讀美想起自己撿回來的幻本，兩者的特徵幾乎一模一樣。那本撿來的書就是幻本，黑髮的四眼田雞很有可能就是那本書裡的人。

「對不起。我不曉得是那種書，還把他拿進店裡來……」

「別這麼說，換作是我，看到掉在地上的書，也會這麼做的。事情已經發生，就別再自責了。」

並輕拍讀美垂頭喪氣的肩頭，要她別放在心上。朔夜的鼻子擠出皺紋，像隻野狼似地咆哮。

「可惡！假設那本幻本就是犯人，現在到底躲到哪裡去了？」

「嗯，已經過了一段時間，可能已經遠走高飛了。」

「你這個脫線老闆！可以說得這麼雲淡風輕嗎？要是沒有那個，我就……」

我就……朔夜跳針似地重複這句話，然後就默不作聲了。大概是知道就算對周圍的人發脾氣也無濟於事吧！他不甘心地放下緊握的拳頭，長嘆一聲，突然想起什麼似地，又把頭抬起來。

「……話說回來，一直沒看到豆太呢……明明已經教過牠不可以隨便跑出去了。」

「對了，豆太！文香說豆太好像跟那個人走了。」

「什麼！」

朔夜驚呼一聲，眼睛瞪大到讓人擔心起他的眼珠子會不會掉出來。

「跟那個人走了？那隻笨狗！明明已經告訴過牠外面很危險了……」

「誰教那孩子不怕生呢？尤其是對第一次來的人更加熱情。」

「別說傻話了，並！要是受到烏鴉的攻擊，那傢伙的身體可是毫無還擊之力喔……更別說要當隻稱職的流浪狗了。」

朔夜心浮氣躁地搔亂一頭金髮，臉上的表情痛苦到像是失去了自己的左右手。對於經常陪豆太玩，對牠照顧有加的朔夜來說，豆太或許真的像他的兄弟一樣。

「……我去找書和豆太，搞不好豆太還沒有走遠。」

「我也去。」

讀美回頭看著朔夜的臉。

「欸……可是，你可以出去嗎？」

「別擔心，我已經在街上閒晃過好幾次了。」

「……朔夜，剛才的話我會當作沒聽見。」

朔夜本來是不可以離開書店的，如今不打自招，並也只能報以苦笑。

「別忘了你可是商品。」

「我知道啦！」

朔夜一句話打發並的諄諄告誡。

「但我還是要去，誰有辦法乖乖地待在店裡等啊！」

「……也罷，要找的話的確是人手愈多愈好。」

真拿你沒辦法——並屈服了。

「那朔夜就和讀美一起行動，唯有這點一定要答應我，可以嗎？」

「成交。」

「我和徒爾一組。暫時先不要報警……畢竟解釋起來很麻煩。」

就算告訴警察犯人是書本裡的人，警察也不會相信吧！反而會給這家書店帶來不必要的麻煩也說不定，所以並不想報警。

「徒爾和我會開車搜尋比較大的範圍，你們就在附近找找看吧！」

並一聲令下，讀美和朔夜同時點頭。

「朔夜，走吧！」

「嗯。」

準備就緒的一個人和一本書，從涼爽的書店衝向悶熱的夜空下。

第五章

書裡的人們

穿過有如一片陰暗森林的庭園，讀美和朔夜來到住宅區縱橫交錯的羊腸小徑上。到底該去哪裡找人呢？他們完全沒有概念。

「如果要去遠一點的地方就得坐電車吧！但是以幻本的形態是無法通過剪票口的。」

「不，只要不在乎旁人的眼光，還是可以溜進剪票口，而且說不定還有共犯。只要躲回本體裡，讓共犯帶著搭電車，就不會受到任何懷疑了。」

朔夜解釋。事實上，就有幻本是放在並的旅行袋裡，坐飛機來的。讀美不管三七二十一地走向大宮站，朔夜也悄然無聲地跟上。就在讀美再度感慨他果然沒有肉體的瞬間——

對了，讀美想起來了，有件事得告訴他才行，兩人獨處的現在正好是天賜良機。

「朔夜，那個……」

讀美躊躇了一下，轉過身來開口。

「嗯？」朔夜側著頭反問。

「白天的時候，對不起……表現出那麼奇怪的態度，還叫你不要隨便碰我。」

「哦……妳那是什麼意思啊！真是的。」

朔夜板著臉，一臉不高興的模樣。

「我難得想要稱讚妳，結果妳那是什麼態度？真是太過分了。」

「因、因為人家會害羞嘛……你就原諒我吧！」

「不要。」

「欸？」

「不原諒妳。」

「喂……小氣鬼！你就原諒我是會少一塊肉嗎？」

「就是會少一塊肉！要不妳割一塊肉來賠我好了。」

「人家都跟你道歉了！」

「只有小學生才會天真地以為只要道歉就能得到原諒了。」

「那我要怎麼做，你才肯原諒我呢？」

「讓我想想，只要妳能把神之幻本找回來，我就原諒妳。」
居然還有交換條件，這個人的算盤未免也打得太精了吧！讀美鼓起臉頰生氣。看樣子是自己想得太美了，還以為他一下子就會原諒自己。還以為從此可以和他天南地北地亂聊、彼此都變得坦率一點的自己簡直是愚不可及，丟臉死了，真不甘心。
「……好！我一定會找回來的，你等著瞧！」
讀美大聲宣告，向朔夜下了戰書。
「話說回來，到底跑到哪裡去啦？」
讀美咳聲嘆氣地說，穿過竹林夾道的小徑，走到冰川神社的參道上。林立在參道兩旁的燈籠已經點亮，宛如火球般等距地漂浮著淡淡的橘色光芒，朦朦朧朧地照亮往南北兩側延伸的小路。路上不見半個人影。
然而，參道上十分喧譁。正確地說，是烏鴉正在參道前方、冰川神社的上空嘎嘎地叫個不停。
「這是怎麼回事？感覺好詭異……」
「……去瞧瞧吧！」
朔夜提議，也不等讀美回答，逕自邁開大步。

「要去神社嗎？」

「那些烏鴉很少這麼吵，若不是有人闖入牠們的地盤，就是有什麼莫名其妙的危險分子出現了。」

「莫名其妙的危險分子？該不會是……幽、幽靈吧？」

「傻瓜。我們在找什麼？對烏鴉而言，既不是生物也不是書本的玩意兒就是危險分子吧！我也經常受到烏鴉的攻擊。」

「啊！」

幻本——讀美總算是反應過來了。朔夜露出錯愕的表情。

「啊什麼啊！可能是我猜錯了，但是總比漫無目的地在街上徘徊好吧！」

朔夜說到這裡，加快腳步鑽過三個鳥居，讀美也連忙追了上去。

現在的時間是晚上八點。位於橫跨在神池上的橋前端，通往正殿的巨大樓門已經關閉了。讀美走到緊閉的紅色樓門前，停下腳步。

「朔夜，進不去耶！」

試著用手推推看，門板文風不動。

「果然不在這裡吧！因為這裡……」

「噓。」

朔夜將食指立在唇瓣上。豎起耳朵，可以聽見空氣的聲音，但讀美只聽見從白天一直吵到晚上的蟬鳴與烏鴉的聒噪叫聲所形成的喧囂。

有什麼不對勁嗎？正當讀美想問朔夜的時候……

朔夜對讀美招招手，沿著樓門開始躡手躡腳地往前走。他依舊沒有發出腳步聲，但是樣子鬼鬼祟祟的，所以讀美也有樣學樣地踮起腳尖。

「……嗚……汪……汪！」

喧囂中夾雜著狗叫聲。朔夜對讀美使了一個眼色，就在前面了。

「就叫你不要跟著我了，你是聽不懂嗎？」

耳邊傳來人的說話聲，讀美差點驚呼出聲。千鈞一髮之際，有個硬硬的東西抵住她的嘴。是朔夜的本體。灰色的瞳眸狠狠地瞪了她一眼，示意她「不要出聲」。讀美慎重而緩慢地點頭。

「真是的，你怎麼會跟來呢？唉……還得把你送回去才行，真是傷腦筋。」

聲音是從樓門的角落傳過來的，悄悄地往那個方向窺探，只見有兩座相鄰的小型偏殿。

有個男人坐在離樓門比較遠的偏殿通往香油錢箱的石階上。

黑髮、白襯衫、無框眼鏡。手裡拿著白色的字典和古老的祈禱書——神之幻本。

「……！」

讀美又差點尖叫起來，她見過那個男人。

上次在百貨公司樓上的書店看到的男人——和徒爾一起在樓梯間的青年。

出乎意料的巧合讓讀美陷入困惑，這時耳邊再度傳來「汪！」的叫聲，定睛一看，頭上頂著袖珍書的小柴犬正討好地在男人的腳邊搖著尾巴。是豆太。

「可是我又不能帶你走。打個商量，你回去好不好？不要再跟著我了。」

「汪！」

「是要我說幾遍啊……可惡！要是沒有你的話，我早就遠走高飛了。」

看樣子，男人似乎視沒想到會跟過來的豆太如燙手山芋。可是又不能放著豆太不管，才會在這個地方逗留。

「……讀美，我們一起抓住那傢伙吧！」

「就、就靠我們兩個人？」

「沒問題的。那傢伙是一本書，所以不會粗魯地做出會害自己破損的傻事。聽好了，我從這邊繞過去，妳就……」
「汪！」
就在兩人交頭接耳地討論作戰策略的時候。
驀然回首，豆太已經在腳邊打轉。
「豆、豆太！」
「……」
男人似乎從朝著門後面狂吠的豆太反應察覺到兩人的存在，連忙站了起來，從偏殿的右手邊衝進神社的腹地。
「讀美，追上去！」
「嗯、嗯！」
讀美抓起豆太本體的袖珍書，深深地塞進口袋裡，追上拔足狂奔的朔夜。
讀美和朔夜追著白色字典的男人，在昏暗的公園裡狂奔。
冰川神社的後面是廣大的大宮公園，裡頭有棒球場、田徑場等設施，再加上附設的第二、第三公園，是面積比東京的新宿御苑還要大的都市公園，裡面種滿了樹，幾乎看不到平緩彎曲的道路前方。

字典男逃進公園裡，腳程快到與他那充滿知性的外表一點都不搭，根本追不上。

「我們現在正在大宮公園追犯人……好、好的，待會見！」

讀美用手機打給並，他說他正坐著由徒爾駕駛的車在書店附近進行搜索，得到他會馬上前往大宮公園停車場的回答後，讀美便掛斷電話。邊跑邊說話讓她一口氣差點喘不過來。

「朔、朔夜，你先走……我已經不行了……」

「妳這傢伙也太沒有毅力了吧！給我振作一點！」

跑在前面的朔夜回過頭來，對哭喪著臉求饒的讀美大喊。

說是這麼說，但近乎缺氧的讀美只能苦著一張臉盯著朔夜的背影。讀美是個徹頭徹尾的室內派，跑步從來不是她的強項。儘管她踩著有如千金重的腳拚命地往前跑，但是跟跑在前面的兩個人拉開距離只是早晚的問題。再加上時值盛夏，就連夜晚也悶熱得不得了，根本不適合在外面跑步。

最重要的關鍵是，幻本裡的人似乎有揮霍不完的體力。不管是逃走的男人、還是在後面追的朔夜，兩人全都不見絲毫疲態。讀美滿心怨懟地瞪著輕快地跑在前面的那兩本書，拚了老命地想要追上去。

冷不防，上方由樹木構成的遮蔭豁然開朗。

看樣子已經來到球場前。由於周圍沒有太高的建築物，夜空在頭頂上展開。

球場旁邊是足球場，男人毫不遲疑地衝進兩者之間的羊腸小徑裡。朔夜緊追不捨，讀美也氣喘如牛地跟上去。穿過羊腸小徑，前面就是停車場。

男人往左手邊的方向狂奔，追上去一看，他的正前方有一座用來過馬路的天橋。男人似乎想從天橋逃進馬路對面的住宅區，再穿過住宅區，前面就是大宮第二公園。若再加上第三公園，規模幾乎與大宮公園差不多了。

然而，男人的目的地似乎不是那裡。

當他爬到天橋正中央，相當於馬路正上方的時候，男人將兩本書夾在腋下，把腳跨在扶手上。

「那傢伙！想跳到車上嗎？」

天橋底下的馬路是縣道三五號線——俗稱產業道路，是一條車流量非常大的馬路。會有比較大型的車輛經過，所以只要選對車子，倒也不是不能跳到車上。

想都別想，朔夜加快腳步，讀美也拖著膝蓋已經發抖到不聽使喚的雙腿拾級而上。大腿已經發出再也走不動的抗議，但又得抓住犯人才行。

「我才不要……繼續被……朔夜……看扁呢……」

讀美爬到天橋上，終於抬起臉來。

只見朔夜站在天橋中央，抓住男人手裡的祈禱書。

「王八蛋！快放開我！」

「不要！要是沒有這本書，我就……」

朔夜拚命地抓住祈禱書，不讓對方跳下去，男人也拚命地抵抗。讀美氣喘吁吁地急著靠近兩人，男人見讀美接近，更加著急地抓緊祈禱書。

說時遲，那時快。

「啊！」

兩本書同時大叫，只見祈禱書從他們手中飛出去。

在兩股力量的制衡作用下，神之幻本在空中勾勒出一道弧線，往下墜落。

下面是車輛川流不息的大馬路。

讀美腦子裡不經意地浮現出在書店神壇前遇見的不可思議少年。

並說的話也同時在耳邊響起。

——「幻本也有死亡的概念喔！當破損得太過分、劣化得太嚴重，就會跟人一樣死掉。」

神之幻本肯定也不例外，當本體變成骸本……那個少年就會死去。

神一旦死去，朔夜就再也得不到肉體了。儘管朔夜每天都那麼虔誠地祈禱，他的願望卻永遠也不可能實現……

一想到這裡，讀美已經一馬當先地衝了出去。因為疲勞而發出悲鳴的雙腿、因為缺氧而快要爆破的肺部完全不在她的考慮之內。她使出吃奶的力氣，把手伸向正失速下墜的神之幻本。她的身體撞上天橋的扶手，伸長指尖撈到幻本。

讀美的右手抓住小巧的祈禱書。

「太、太好了……啊！」

冷不防，視野整個上下顛倒，就像吊單槓似地，以頂在肚子上的扶手為軸心，腳尖離開地面，下半身一古腦地往前傾。

手搆不到扶手，會掉下去——讀美心想。

天哪，完蛋了……

「讀美抓住！」

就在她快要放棄希望的瞬間。

那本黑底硬皮封面上有著金色的螺鈿，設計得十分精美的書出現在眼前。

讀美下意識地伸出左手。

抓住那本書。

上半身被一把往上拉。

望向左手的前方，只見朔夜和她同樣抓著書，彷彿與讀美交換位置似地，掛在半空中。

「……可惡！」

耳邊傳來被拋到半空中的朔夜小聲的咒罵。與他相反，讀美的身體逐漸回到天橋上。

朔夜和朔夜的幻本在讀美眼前慢動作地落下。

「朔、朔夜……」

因為反作用力，讀美一屁股跌坐在地上，懷裡抱著祈禱書，一臉茫然。然而，那也只是眨眼間的事。讀美大驚失色地站起來，衝向天橋的扶手旁。

往下看——然後一口氣哽在氣管裡。

下面就是大馬路，有本書掉在馬路上。是朔夜的本體，到處都不見他的人影。

明明是夏天，讀美卻感覺自己的胸口正在急速地降溫，眼前的景象令她不由自主地用手捂住嘴巴。

太慘了。

重力加速度的衝擊讓朔夜的本體變得支離破碎，內頁與書皮分離不說，還有好幾頁已經散了架，飛得到處都是。雪白的紙張迎風翻飛，烙印在讀美的視網膜上。

「讀美！」

這時，並和徒爾也來到天橋上。原本呆若木雞的字典男見他們出現，又打算逃之夭夭。

「徒爾，抓住那傢伙！」

「遵命，交給我吧！少爺。」

徒爾以從他的年齡絕對看不出來的矯捷身手追上那個男人。並走近靠著扶手，一動也不能動的讀美。

「讀美，朔夜他……」

這句話讓讀美把祈禱書塞進並的懷裡，飛也似地從他的身邊鑽過，連滾帶爬地衝下天橋的臺階，衝向人行道，再繼續往前衝。

神哪，求求祢……

眼眶好熱，胸口痛得就快要裂開了，完全拿自己沒辦法。

讀美找到朔夜的本體，將其擁入懷中。

將散落一地的內頁一張張撿回來。

而他那美得令人屏息的封面，也因為撞擊到地面，產生了凹陷的痕跡。

「朔夜……求求你……回答我……」

讀美當場跌坐在地上，以祈求上蒼的心情呼喚他的名字。但是，沒有反應。喊了好幾次，裡頭的朔夜還是不肯現身。讀美的腦子一片空白，身體從腳底一路涼到頭頂。肺部在顫抖，呼吸不過來。怎麼辦？怎麼辦怎麼辦怎麼辦……

「讀美……」

「並、並先生……朔夜他……朔夜他……」

看見跟過來的並，讀美的淚水終於潰堤。

朔夜壞掉了。

他那小心翼翼捧在掌心裡，從未有過一絲傷痕的本體，如今已變得支離破碎。再怎麼呼喚，他也沒反應，連罵她一句都不肯。

「並先生，怎麼辦？都怪我……都是我的錯，是我害死朔夜的……」

「讀美，妳冷靜一點。」

並用力地抓住她的肩膀，讀美這才回過神來。並看著讀美沾滿了淚水的臉龐，像是在跟小朋友說話似地問她：

「書怎麼樣了？」

「什麼怎麼樣？」

「還有沒有重量？會不會輕到不自然的地步？」

這麼說來，讀美才將意識放回懷中朔夜的本體上。

「……我想應該沒有變輕，還是沉甸甸的。」

「那應該不要緊，朔夜還在裡面，或許還有救。」

「什麼……」

「骸本都很輕對吧？」

這句話讓讀美想起來了，骸本輕得就像裡頭是空心的一樣。這麼一來，讀美稍微鬆了一口氣。

目前在她懷裡的這本書還是有生命的幻本。

朔夜還活著。

「嗯。」

意識到這件事，讀美胸口一熱，或許還能救他。

「犯人就交給徒爾處理吧！我們先把朔夜的本體帶回店裡去。」

並朝她伸出手。

「……好！」

讀美用右手牢牢地抱緊朔夜，抓住並的手，站了起來。

從大宮公園的天橋到桃源屋書店，走快一點只要五分鐘左右。讀美和並走進黑漆漆的店內，點亮櫃臺上的燈。黑暗中，橘色的燈光朦朦朧朧地照亮了桌面。

讀美將朔夜的本體放在桌上，把傷痕累累的本體和破掉的內頁並排在一起，整個散開的內頁似乎已經全部撿回來了。

「接下來該怎麼做呢？」

「並先生，請你把朔夜修好！請你救救朔夜……」

「不，要修好他的是妳喔！讀美。」

「什麼？」

意想不到的回答讓讀美大惑不解地看著並。

「我來修補嗎？」

「因為我不肯修好那本昆蟲圖鑑，所以朔夜討厭我，他應該不願意讓我碰他，也不願意讓我看到他的內容。」

「可、可是，現在不是說這些的時候……」

「前陣子，我告訴他妳很努力的時候，朔夜對我說：『對吧？所以我答應讓讀美修補了。』」

讀美想起修好昆蟲圖鑑的時候，和朔夜有過的對話。

兩人討論到假使有需要修補的一天，朔夜雖然以絕對不會壞為由拒絕了她，但最後還是答應了。

——到時候就讓妳修補。

——約好了。

沒錯，他們的確有過這個約定。

沒想到他是認真的。

「可是，我……我還不是很熟練……」

「別擔心，朔夜已經肯定妳了。那傢伙可是第一次願意把自己交給別人喔！我想尊重那傢伙的意願。所以讀美，拜託妳了……請妳救救那傢伙。」

並低頭懇求，像是做哥哥的要把弟弟交給她。看到他的態度，讀美陷入兩難。

——不對，現在可不是迷惘的時候。

讀美握緊拳頭，下定決心。

「……我試試看，我也想救朔夜。」

朔夜肯定了自己，不只肯定自己，他還把自己交給她。

既然如此，她也想回應他的信賴……

讀美請並做出修補的指示。

根據並的說法，表面的傷只要用紙的纖維和糨糊混合而成的東西填滿就行了，問題出在裡面。所幸書的裝訂處好像沒事，但是若不打開來看，就無法確定內頁破損到什麼程度。讀美問並能不能幫忙檢查內頁，但並只是面容哀戚地搖搖頭。

「我會挨朔夜罵的，因為他說死都不要給我看。」
「有必要這麼堅持嗎？為什麼？」
「我也不清楚，或許看了就會知道他為什麼這麼不想讓人知道他的內容吧！那我去看看犯人怎麼樣了。如果妳看了裡面，不曉得該怎麼修補的話，就打電話給我。讀美，交給妳了。」
並說完，帶著鼓勵意味地拍拍讀美的肩膀，將神之幻本放回神壇；再把行動電話貼在耳邊，大概是打給徒爾吧！一面走出書店。
門「砰！」地一聲關上之後，書店裡安靜得連一根針掉在地上都聽得見。讀美已經把豆太交給並，所以並也把豆太放進口袋裡一起帶走了。今晚沒有任何一本書從書架裡溜出來玩。
「……好，開工吧！」
讀美對自己吆喝了一聲，把肺部裡的空氣吐出來，將工具全部聚集到手邊，再把椅子拉到朔夜的本體前坐下。
「朔夜，我要打開來看囉！」
讀美對朔夜道了一聲歉，小心翼翼地翻開朔夜的本體。
於是——

「咦……」

作夢也沒想到的結果出現在眼前，讀美愣在當場。

映入眼簾的是空白的頁面。

翻到下一頁，再翻到下一頁，別說是文字或圖案了，就連一個斑點也沒有，只是一片空白。讀美瞥了一眼從書裡掉出來的紙張，有些書的確會有一片空白的頁面，稱為空白頁，所以她一直以為掉出來的紙張剛好是空白頁，沒想到不是。冷靜想想就知道了，一本書應該不會有好幾頁的空白頁。

朔夜的內容是一片空白。

簡直就像她在百貨公司樓上的書店裡看到那本全部都是白紙的書。

「一片空白？」

冷不防，她想起朔夜似乎講過同樣的話。「妳似乎也不是一片空白嘛！」——他的確是這麼說的。

「所以才不想讓人看見嗎？」

再怎麼問，朔夜也不回答。

然而，讀美看著空白的頁面，忍不住淚如雨下。

對於一本書來說，什麼內容都沒有的確是「一片空白」。朔夜認為自己就是一片空白，所以才會那樣事事針對讀美。他曾經說過：「人有擅長與不擅長的事。」還說明明不擅長卻死活不肯放棄的讀美讓他看了就煩。

假如他認為沒有可看性的自己不配當一本書，假如他其實是在說自己不適合當一本書的話……

假如他是在形容這樣的自己「沒有存在的意義」……

「這也太悲哀了……笨蛋。」

一滴眼淚在雪白的頁面上暈開，讀美連忙用手背把眼角擦乾。

她要救活朔夜。

救活他，然後告訴那個金髮的大笨蛋。

「你可以留在這裡。對我、對這個地方，你的存在都是有意義的。」

讀美拿起毛筆，調製綜合膠，先把破掉的內頁一一黏好。

裡頭的狀態比想像中還要糟糕許多。除了怵目驚心的裂痕以外，稱之為天地左右的側邊大概是整個磨到了，幾乎所有的頁面都有細微的傷痕。要把這些傷痕全部修復，不曉得得花上多少時間。

問題是，現在已經沒有時間想這些了。讀美仔細地將內頁一頁一頁地補好。

至於支離破碎的頁面，則是像拼圖那樣，把破掉的部分一塊一塊地拼湊起來。細心再細心地塗上綜合膠，一頁一頁地拼回原來的形狀。

讀美眼前閃過一道金髮的幻影。

朔夜。

一開始還以為他是個討人厭的傢伙。

從他嘴裡講出來的每一句話，都像碎玻璃一樣又利又尖，在讀美的心靈劃下傷痕，將她推落萬丈深淵。

可是，也是他打從心裡肯定了讀美在這裡所做的努力，說她可以留在這裡。讀美好高興，因為這是她夢寐以求的一句話。

這家桃源屋書店之所以特別吸引人，是因為店裡販賣著有生命的書——但是對如今的讀美而言，也是因為朔夜在這裡的緣故。這裡不能沒有他。

她絕對不允許這樣的事發生。

「白天的事還沒得到你的原諒……我還有很多話想跟你說……所以你絕對不能死。」

又修好一頁，讀美對著書本中的朔夜輕聲呢喃。指尖的油脂都被紙吸收了，感覺乾燥刺痛，好像隨時都會裂開。

「好痛……！」

在修補的當口，用來切割烘焙紙的美工刀不小心割破手指，微微地滲出一道血痕，隱隱約約地作痛著。

然而，這點痛根本算不了什麼。為了不要弄髒書，讀美先用手帕把血擦掉，再醜醜地纏上ＯＫ繃，彷彿什麼事都沒發生過地繼續進行修補的作業。一定要把朔夜救回來……

讀美冷不防感覺到一股視線，抬起頭，有過一面之緣的少年就站在神壇前。

「神……」

臉被宛如面具的書頁遮住，看不見他的表情，但他確實凝睇著讀美。靜謐的沉默橫亙在讀美與神之間。不過一眨眼的時間，神又背過身去，消失在書架之間，彷彿從未出現過。

讀美曾經有過一剎那的期待，如果是神的話，或許就能拯救朔夜了。

但是她搖搖頭。

她告訴自己，能救朔夜的只有自己。

繼續手邊的作業，默默地，只想著朔夜的事。

夜已深，萬籟俱寂，整個世界彷彿只剩下讀美。

圓圓的滿月從敞開在高處的窗口守護著讀美。

◆ ◆ ◆

那是個古老木造建築的客廳。

從隔間的感覺來看，讀美猜想那應該是棟大宅子，順便也想知道自己為什麼會在這裡，但是卻想不起來。她明明在書店修補朔夜的本體……

眼前有張桌子，桌子對面是沙發。看來似乎比現在年輕了點的並坐在沙發上，有個四十多歲，貌似很難取悅的男人坐在他對面。兩人都穿著長袖，冰冷的陽光從窗外灑落進來。冬天？

桌上有一本書。

是朔夜的幻本。

桌上的書還維持著從天橋上掉落前的完整狀態，毫髮無傷。

「並先生，朔夜沒事了嗎？太好了……」

讀美大喜過望地對他說，並卻看也不看她一眼。男人也沒有反應，似乎根本看不見讀美，也聽不見讀美的聲音。

正當讀美不知所措的時候——

「真的可以嗎？」

並打破沉默。確認的語氣讓男人很是嫌棄地瞪著朔夜的幻本，勾了勾下巴。

「那當然，請趕快把它帶走。」

「那麼這是說好的金額。」

並從皮包裡拿出一個鼓鼓的信封，放在書本旁。男人把手伸向信封，檢查過裡面的東西以後，微微頷首。讀美悄悄地從男人背後偷看信封裡的內容物。

……是一疊厚厚的鈔票。

「沒錯，貪財了。」

「不用檢查一下是不是真鈔嗎？我可以等你。」

「不用那麼麻煩了。老實說，就算是偽鈔，只要你肯把『那個』帶走就好了。那本書實在是有夠詭異的，連小孩子都怕得要死。因為是五年前去世父親的東西，不曉得該怎麼處置才好。我還要感謝你主動打電話給我呢！」

男人不屑一顧地說，彷彿真的打從心裡受夠這本書了。並回以曖昧的微笑。

「……承蒙割愛，那我就收下了。」

並向男人低頭致謝，拿起朔夜的幻本，離開客廳。讀美也跟著離開。男人說的話讓讀美心裡很不痛快，對他扮了個鬼臉，走出客廳。什麼有夠詭異的書嘛！這話說得未免也太過分了吧！

「你在裡面吧？可以出來囉！」

走到大宅子的圍牆外，穿著大衣的並朝書本喊話。

並的口中吐出白色的氣息，重複喊了幾次以後，一股迷濛的霧氣從書裡瀰漫出來，逐漸化為人形。是朔夜。還是那頭金髮，穿著也沒多大改變。只是，跟並一樣，他似乎也比現在年輕一點，看起來比讀美還小，臉上沒什麼表情。

「幹嘛啦？」

「那個，我叫並，你呢？」

「朔夜。」

「朔夜啊？這是你自己取的名字嗎？」

「不是，是上一個主人——剛才那個男人的父親取的。」

「這樣啊，那我就叫你朔夜了。你可以自己走嗎？我的車子就停在前面。」

並邊說邊往前走，朔夜一臉不高興的表情，不情不願地跟著他。

「我說你啊，難道不覺得會說話的書很噁心嗎？就像剛才那傢伙說的那樣。」

「你這種書稱為幻本。而我則是專門收集幻本的人，看多了就習慣了。」

「……你的興趣還真特殊啊！」

「啊哈哈，大家都這麼說。」

「老爺子——我上一個主人也跟你一樣，不過他已經死了。」

朔夜黯然神傷地嘟囔著。走在旁邊的並以聊天氣的尋常口吻接著說：

「我不只是收集而已，還開了一家具有仲介性質的書店，把幻本介紹給適合的讀者。」

「適合的讀者？」

「剛才那位中年大叔就是最不適合的讀者呢！」

並拖長了尾音，以雲淡風輕的態度說出充滿攻擊意味的話。啊！好可怕——讀美心想。朔夜大概也是同樣的想法吧！只見他露出呆若木雞的表情看著並。

「他給人的感覺很討厭吧！到底把書、把你當成什麼啦！真想把鈔票扔到他臉上。之所以沒真的這麼做，是擔心萬一事情變得很麻煩，他不肯把你交給我就糟了。反正我手邊還有鈔票，要不然現在再回頭用鈔票打他的臉吧？像這樣……」

「不、不用了，倒也不必這樣……」

朔夜有些退避三舍地阻止他，並也從善如流，「既然你都這麼說了。」然後以意味深長的視線注視著朔夜。

「你不覺得書也應該有權利選擇自己的主人嗎？」

這句話讓朔夜露出被戳到痛處的表情，並笑著說：「你不想遇到一個好讀者嗎？」

「我已經遇到過了……」朔夜停下腳步，視線落在手中的本體上，喃喃低語。「……而且我也不是一本好書。就算遇到好讀者，我也無法完成身為一本書的使命。雖然老爺子都安慰我說才沒有這回事……可是我並沒有讓老爺子享受到閱讀的樂趣。」

頭上的天空藍得望不見一片雲，只有雪花一片片飄落，彷彿與朔夜的聲音產生共鳴。雪花穿過朔夜的身體落在地上，瞬間融化，在柏油路面留下潮溼的印痕。

「你一定會後悔沒先看過內容就買下我。我不會讓任何人看我的內容，所以你是絕對找不到買主的。」

「後悔嗎……我想應該不會啊！因為那筆錢又不是什麼大數目。」

欸……驚呼出聲的是讀美。那疊鈔票居然不是什麼大數目……這個人好有錢啊！

「萬一找不到買主，你就待在我們家吧！我想應該會比你待在那個大叔身邊愉快一點。不過，再怎麼說還是商品，所以要請你乖乖待在書店裡，不要受傷了。」

「這跟軟禁有什麼兩樣……」

「總比你過去一直被關在陰暗又充滿灰塵的倉庫箱子裡要好得多吧？」

並笑著說。朔夜惡狠狠地瞪了他一眼，看樣子被並說中了。

「而且我相信。」

「相信什麼？」

出現。」

「相信你應該也會遇到好人，相信你願意讓對方閱讀內容的人一定會

兩人在紅綠燈前停下腳步。

馬路對面有個小型停車場。大雪紛飛裡，徒爾正站在氣派的黑頭車旁等著他們。當並和朔夜的身影映入他的眼簾，徒爾鞠了一個九十度的躬，並則以揮手示意。

「……所以你也不要放棄喔！因為每個相遇都是在意想不到的情況下發生的奇蹟。」

就像我和你的相遇——並又補上一句。只見朔夜皺著眉頭，像是嘴裡硬生生地被塞進一顆甜到爆炸的巧克力。

紅綠燈由紅轉綠，並邁步前行。

「……」

「嗯？什麼？」

「沒什麼。」

朔夜說完，跟上並，保持著一步之遙的距離。

並似乎沒聽見他說的話。

然而，站在朔夜身旁的讀美卻聽得一清二楚——「我也想相信。」

「讀美。」

「什麼？」

朔夜在十字路口的正中央停下腳步，凝視著讀美。

事出突然，讀美感到不知所措。明明直到剛才他完全沒有意識到自己的存在。隔著雪的面紗，兩人四目相交。

「妳用盡全力想把破掉的我修好對吧？我很感動喔！」

朔夜把手放在讀美頭上，依舊沒有重量。

……但是很溫暖。

「謝啦！」

朔夜笑著說。讀美有些不好意思，將目光移到地面上。

「這只是舉手之勞喔！以後如果你又受傷了，不管幾次，我都會把你修好的……」

讀美微微地抬起頭來，只見朔夜的臉上依舊掛著微笑，一句話也不說。

「朔夜？」

「好像已經不再有修補的必要了。」

「什麼？」

一陣風吹來，雪花漫天飛舞，遮住了所有的景色，周圍變成雪白一片，就像顏料剝落的畫布般，更像是朔夜幻本中的白。一無所有的空間裡，只剩下讀美和朔夜兩個人。

讀美突然感到不安。

總覺得朔夜就要去到某個遙遠的地方。

「朔夜……」

「這個給妳。」

朔夜遞給她的是黑底硬皮封面上有著金色的螺鈿，設計得十分精美的書——朔夜的本體。

「妳已經看到了吧！我是本一片空白，無聊透頂的書。什麼都沒有，就連存在的意義也沒有，就只有外觀還可以看的書……如果妳不嫌棄的話，就拿去吧！」

「拿去……把書給我的話，你要怎麼辦？會很困擾吧？」

「一點也不會。我只是要回到該去的地方，如此而已。」

「該去的地方……」

「哎，夠了，少囉嗦了妳！既然我都決定要給妳了，妳就乖乖地收下吧！」

朔夜說完，把書塞進讀美的懷裡。讀美連忙把書抱緊，朔夜這才滿意地把手收回去。

「等一下……朔夜！朔夜！」

讀美的聲聲呼喚迴盪在空氣裡，朔夜已飄然遠走。漸行漸遠，終至去到讀美把手伸得再長也無法觸及的地方。

讀美一直盯著朔夜消失的方向，動也不動。

抱著懷裡的那本書……

◆　◆　◆

「嗯……」

冷冰的空氣讓讀美撲簌簌地顫抖了一下。

微微睜開雙眼，咖啡色的木紋映入眼簾，是櫃臺的桌面。

讀美從趴在桌上的姿勢坐起來，毛毯從肩上滑落。
她好像睡著了，是並幫她蓋的毛毯吧……
抬起頭來，從窗口透進來的天光是亮的。看樣子長夜已盡，黎明到來了。
讀美望向躺在桌上的朔夜本體。
修補作業已經大功告成。裡頭的內頁已經全部黏好，表面的傷痕也遵照並的指示，用紙漿的纖維填滿，能做的全都做了。自己似乎是在結束了長時間的作業後，在放下心中大石的瞬間不小心睡著。
她睡了多久呢？讀美用手背揉揉眼睛。補好的表面已經完全乾了，照這樣子看來，裡頭修補過的內頁或許也都乾了。
為了檢查修補的結果，讀美拿起朔夜的本體。
「咦？」
問號不由自主地脫口而出。
剎那間，全身的血液似乎一下子都被抽光。
……書變得好輕。
昨天拿在手裡的時候明明還很重的呀？如今簡直像……
「骸本……」

心臟不聽使喚地狂跳起來，淚水模糊了視線。
「不要，不要這樣……絕對、絕對不要！」
無論再怎麼否認，書的重量還是一樣。
少了二十一公克。
從這本幻本裡感受不到靈魂的重量。
——朔夜死了。
死掉了……
「怎麼會這樣……」
惡夢成真，淚水如斷了線的珍珠，從讀美的眼眶滑落。
「討厭啦！朔夜……我不要你死掉……我明明這麼喜歡你！」
讀美抱著書，泣不成聲。
哽咽到幾乎不能呼吸，好痛苦。
她發過誓一定要救他的，卻沒能把他救回來。
再也聽不到他的毒舌攻擊、再也不會有人口是心非地用書輕撫她的頭、再也看不見他那天真無邪的笑容。
告訴我，朔夜，為什麼……

「夠了，別再哭了，吵死人了。」

「……咦？」

耳邊傳來的聲音讓讀美的眼淚與嗚咽同時戛然而止。

剛剛那聲音的確是……

「真是的，難得我睡得正舒服，卻被某人吵醒了。」

讀美推開椅子站起來，發出很大聲響。

從窗外透進來的光線灑落在地板上，熟悉的那個人從書架間現身。

引人注目的金髮男子邊打哈欠邊走近櫃臺。五官明明長得很俊俏，臉上卻掛著令人火大的嘲諷表情。

不會錯的——是朔夜。

「……」

豆大的淚珠從讀美的眼眶裡滑落。

那是如釋重負的淚水。

朔夜還活著。

還活著……

「妳哭什麼啦！」
「因、因為，我以為，你已經死了……因為你的書已經支離破碎成那樣了。」
「雖然真的很痛，但如妳所見。」
朔夜張開雙臂，全身上下都跟平常一樣。手和腳都還在，也沒有受傷的跡象。讀美終於鬆了一口氣。
這時，她才回想起自己抱在懷裡的那本書。
「咦？朔夜，你的身體可以離開本體嗎？因為你總是抱著那本書，我還以為你不能離開幻本。」
「是不能啊！」
「那為什麼現在……」
「就像這樣。」
讀美頭上感受到輕微的重量。
朔夜隔著櫃臺把身子探出來。
「欸？」
察覺到重量的來源，讀美睜大雙眼。

他的書明明還在自己懷裡。
「騙人的吧……」
朔夜露出宛如孩子惡作劇的表情，他的手還放在讀美頭上。讀美把手伸向他的臉頰，輕輕地用食指戳戳看，肌膚很有彈性地反彈回來。但讀美依舊不敢置信，於是用力地捏了一把。
「很痛耶，笨蛋！」
「因、因為，我以為是在作夢。」
「要確認也是捏自己的臉頰好嗎！」
「啊，說得也是……」
讀美捏了一下自己的臉頰。會痛，不是在作夢。
不是在作夢。
「拜某人把神帶回來之賜，我好像變成人類了。」
朔夜宛如天真無邪的少年般，咧嘴一笑。
「嗚……嗚哇啊啊啊！」
讀美感慨萬千地隔著櫃臺撲進朔夜懷裡。朔夜的脖子整個被她勒過去，嚇得他手忙腳亂。

「好、好危險啊！笨蛋，我快被妳勒死了。」

「因為，太好了……這實在是太好了，朔夜！」

他再也不用屈就於那麼不自由的軀體了。

他就在這裡，擁有貨真價實的肉體。

朔夜現在的確已經變成人類了。

「話說回來，妳剛才是認真的嗎？」

「什麼？」

讀美摟著朔夜，反問響在耳邊的問題。

「……妳說妳喜歡我什麼的。」

「喜歡？……啊！」

猛然想起剛才任由感情暴走的驚天告白，讀美羞得面紅耳赤。朔夜好像全部聽見了。太丟臉了，根本沒臉見人。讀美依舊攬住朔夜的脖子，全身僵硬。

「到底怎麼樣啦？」

朔夜瞇細眼睛，雙頰微微泛紅，追著她要答案。

「呃……那個……喜歡吧？」

「『吧』是什麼意思……真受不了妳。」

算了——朔夜有些遺憾地垮下肩膀，這個反應反而讓讀美更想知道他是什麼意思。難道他希望自己果斷地承認嗎？

就在這個時候，書店的門開了。

並和徒爾、以及昨天的小偷走了進來。

「抱歉，讀美，把修補的工作全丟給妳……咦？朔夜！」

看到被讀美緊緊抱住的朔夜，並發出錯愕的驚叫聲，事實上也真的是大吃一驚吧！直到讀美尷尬地放開朔夜，並依舊處於震驚的狀態。

「為什麼？欸？你的身體怎麼了？為什麼讀美摸得到你？為什麼？」

「就是你看到的這樣。」

「等一下，你根本沒回答到我的問題啊！讀美，這是怎麼回事？」

問她怎麼回事，讀美也不曉得該怎麼解釋。

……讀美和朔夜四目相交，看著驚慌失措的並笑了。

終章・表

事件在清晨落幕

「對不起……」

戴著眼鏡的男人跪坐著道歉，深深地低下頭去，將額頭貼在地板上。

除了手裡還握著宛若白色字典的幻本以外，是姿勢標準到令人佩服的下跪。

已經回到書店的豆太完全狀況外地在他四周開心地跑來跑去。

「罪魁禍首其實是我，都怪我太大嘴巴了。少爺，篤武大人已經反省過了，可以請你看在我的面子上原諒他嗎？」

徒爾站在名叫篤武的字典男身旁，也深深地低下頭去。

前幾天，徒爾在讀美也在場的那家百貨公司樓上的書店，看到拿著書正要走出店外的篤武，以為他順手牽羊，所以叫住了他。後來發現篤武也是幻本裡的人，便告訴他書店的事。

然而最令讀美跌破眼鏡的，莫過於徒爾以前也是幻本裡的人。朔夜曾經說過，有人從幻本變成人類，指的似乎就是徒爾。

徒爾好像也對篤武說了自己以前也是幻本裡的人，以及這家書店的神有能力賦予幻本肉體的事……導致篤武動起歪腦筋，想要偷走神的幻本，演變成現在的局面。

「我找不到自己的容身之處，經常在書店裡晃來晃去打發時間，結果就遇到徒爾先生了……當我聽說神的幻本可以讓我變成人類的時候，整個人坐也不是、站也不是……因為我一直很想當個人類。我已經受不了這麼不自由的身體了，沒有肉體實在是太空虛了。」

「我可以理解你的心情喔！反正神也歸位了，我也不打算再繼續追究下去，所以你可以把頭抬起來了，徒爾也是。」

並溫柔地對篤武和徒爾說。既然偷書賊是幻本，也不能將他扭送警察局。並似乎不打算把事情鬧大。

「對不起。」篤武戒慎恐懼地坐起來，將歪掉的眼鏡扶好，徒爾也慢條斯理地抬起頭來。

「……話說回來，變成人類的似乎是朔夜呢！」

徒爾看著朔夜，靜靜地，微微地，露出一抹慢了半拍的笑容。朔夜不以為意地聳聳肩回答：「好像是呢！」

篤武含恨地瞪著他。「……好詐。」

「我說篤武，偷東西的你還比較詐吧？你想神會實現你這種壞蛋的願望嗎？我可不這麼認為喔！」

並笑容可掬地說出這句話。見老闆的背後彷彿湧起一股黑色的什麼，把篤武嚇得噤若寒蟬，臉上露出畏怯的表情。就連在一旁靜觀事情發展的讀美也感受到那股魄力。

「可是，這兩個人到底有什麼不同？」

讀美讓朔夜幫她把隨便貼在指尖的ＯＫ繃重新貼好，不假思索地開口問道。

朔夜和徒爾都變成人類了，但篤武還是書本的形態。希望變成人類的心情，三個人應該在伯仲之間。那麼是什麼造成不同的結果呢？實際得到肉體的朔夜和徒爾似乎也不曉得箇中玄機，只見兩個人都不解地歪著脖子。篤武則是無論如何都想知道答案的樣子。

「我猜大概是『讀者』吧！」

並乾脆地回答，只有徒爾表現出恍然大悟的模樣，其他人則還是丈二金剛摸不著頭腦。

「什麼意思？」

「我聽說神原本也是非常想變成人類的幻本之一。因為想變成人類的願望太強烈，最後不是變成人，而是變成神了……我希望你們先有這個概念再聽我說。看到徒爾和朔夜的狀況，我發現他們有一個共通點。當徒爾變成人類的時候，的確也遇到了『那個人』吧？」

「……對，你說得沒錯。」

徒爾在眉間擠出皺紋，有些難以啟齒地回答，他的臉頰微微地染上了一抹紅暈，跟嚴肅的外表形成非常鮮明的對比。

這下換讀美不解地微側臻首。「那個人」？

「然後這次輪到朔夜了，朔夜也喜歡讀美對吧？」

「什麼？」

並問得太雲淡風輕，反而害朔夜當場呆住。像隻離水的魚，嘴巴一開一闔地，手心用力地一把握住ＯＫ繃的盒子，幾乎要把盒子捏碎。

「呃……那個……怎麼可能！誰會喜歡她啊！我也有選擇對象的權利好嗎？誰會喜歡上這傢伙啊！只是……還不討厭就是了……該怎麼說

呢……哎呀……」

「好了好了，別再狡辯了。你的反應實在是太明顯了，明顯到我都替你不好意思了。總之事情就是這樣，當書和人兩情相悅的時候，神就會實現你的心願。」

兩情相悅。並的這句話讓徒爾和朔夜不約而同地脹紅了臉。

「我猜神以前肯定也有想要長相廝守的對象，所以才想變成人類，所以才會幫助陷入同樣狀況的幻本實現願望……我是這麼想的，怎麼樣？很有道理吧？」

管他有沒有道理，讀美現在已經完全無法思考任何事了。並的鐵口直斷讓她的臉都快要噴出火來了。

兩情相悅的意思是說，讀美和朔夜彼此都喜歡對方。也就是說，並已經知道讀美喜歡朔夜的事了……

「也就是說，一旦我也遇見那個人，就可以變成人類嗎？」

篤武才不管心慌意亂的讀美和朔夜，繼續死纏爛打地追問。他依舊跪坐在地上，以充滿期待的眼神看著並。

「或許吧！所以你要不要留在這裡？等等看會不會遇到命中注定的

讀者？」

「可、可以嗎？」

「只要你願意的話。如果你可以幫忙顧店，那我也省事不少。」

「我當然願意！反正我也無處可去。我會等的，請讓我在這裡等！」

於是並朝他伸出手，篤武也立刻握住他的手。徒爾一如往常地面無表情，但似乎也挺開心的樣子。

乍看之下是多麼感人的一幕。

然而在一旁冷眼旁觀的朔夜卻冷冷地丟下一句：

「……又給並撿到便宜了。」

「什麼？」

「我不是說過好幾次了嗎？那傢伙其實非常滑頭喔……不花一毛錢就能把商品弄到手，而且還有人願意免費幫忙顧店，他心裡肯定正在竊喜吧！不過因為他很單純，所以自己可能也沒有意識到。」

如果他說的是真的，那這個算盤打得也太精了。讀美以複雜的心情看著眼前的一切。她最近的確也感覺到了，並……很狡猾。的確是個外表天真、內心狡詐的老闆。

「不、不過，這樣不也很好嗎？篤武本人覺得好就好了……啊！對了！」

讀美猛然想起一件事，拿起放在櫃臺上的朔夜本體——如今已經變成空殼的書給朔夜看。

「這個，你打算怎麼處理？」

「我不是說要給妳嗎？那就隨妳處置了。」

「欸……可是，那是在夢裡的對話——咦？咦咦？不是嗎？」

朔夜只是略略地勾起唇畔。讀美輪流盯著朔夜和手中的書本看，陷入沉思。

「呃，那我就收下了。那個……我有一個好主意，只要朔夜不反對的話……」

「什麼好主意？」

讀美語帶保留的口吻讓朔夜挑起半邊的眉毛。豆太在腳邊「什麼事？什麼事？」地仰望他們兩人。

讀美彷彿要發表什麼重大計畫似地，神祕兮兮地附在朔夜耳邊說：

「我的想法是這樣的……」

神之幻本遭竊事件終於有驚無險地落幕了。

只不過，讀美因為一夜未歸，接到姊姊英子打來把她罵得狗血淋頭的電話。

「我說妳啊……別忘了自己還是高中女生喔！高、中、女、生！萬一妳變成失蹤人口，或是被壞人綁架，我要怎麼向爸媽交代！到時候那兩個人又要吵翻天了，可能還會說早知道就不讓妳來我這裡，妳是要他們擔心死嗎？」

「擔心我？吵翻天？」

讀美不解地反問。

父母會因為擔心小孩而吵翻天嗎？讀美不是很明白。

「……爸媽都很關心妳喔！比妳以為的還要關心妳。當這方面的意見分歧，吵架也是必然的。等妳再長大一點或許就會明白了。」

是這樣嗎？姊姊的一席話讓讀美想起以前待在家裡的時候，父母吵架時的確會蹦出「為了女兒也應該……」「考慮到女兒的事……」的字眼。那是因為關心她嗎？讀美怔忡地回想。英子是因為長大了，才明白父母的苦心嗎？

「真是的，沒出事就好。」

「對……對不起……」

「……算了。這件事我就不告訴爸媽了。只不過，不准再讓我這麼擔心了，知道嗎？」

這時，不僅是父母，讀美對姊姊也稍微有了不同的認識。

讀美一直以為對英子而言，自己這個妹妹只不過是會讓住處變得狹窄的礙眼存在罷了。還曾經想過英子或許根本希望她最好消失。然而，英子隔著話筒傳來的聲音卻是打從心裡在為讀美擔心，同時充滿了怒火中燒與鬆了一口氣的情緒。

原來有人關心自己啊……讀美事不關己地思考著。當這個念頭慢慢地從胸口蔓延到指尖的時候，她終於感覺到那不是別人的事。有一點……開心。或許自己還可以繼續在姊姊住的地方賴下去。

「……謝謝妳，姊姊。」

「什麼？」

「謝謝妳擔心我。」

「呃……如果妳真的感謝我，不要光說不練，以態度表示如何？妳明白我的意思吧？」

「明白，我會買蛋糕回去的。」

這句話讓英子心滿意足地結束與讀美的通話。

神的幻本已物歸原主，朔夜也變成人類了，真是幸福圓滿的結局。

——不過，讀美心中還有件事尚未結束。

在修補朔夜的本體時，看見裡頭空白的內頁，令讀美感到心痛不已。因為她感覺那一片空白也象徵朔夜內心的荒蕪。

一片空白，無聊透頂——朔夜在夢中是這麼說的。假如那並不是一場夢……而是他的真心話呢？那樣的話就太悲傷了。讀美想讓他知道，他才不是一片空白呢！但本體一片空白卻也是不容辯駁的事實。這個事實似乎已深植在朔夜心中，勒得他喘不過氣來。

所以讀美有一個想法。

「我是無所謂……但真的可以嗎？讀美。」

文香如今就坐在讀美面前。天亮以後，為了告訴文香已經抓到偷書賊一事，特地請她到店裡來一趟。「害妳留下不好的回憶了。」並為了表示歉意，還說要請她吃豐盛的午餐。因此文香二話不說地就來了。

此時此刻已經吃過午餐。讀美說有事要拜託她，於是和文香前往第一次見到朔夜的涼亭懇談。

涼亭裡，讀美把朔夜本體的那本書放在自己和文香之間的圓桌上。文香一臉為難地低頭看著那本書，唸唸有詞。

「妳要把我的小說寫進這本書裡……」

「可以嗎？這句話應該是我要問妳才對。朔夜也同意了。」

讀美是這樣想的。

難道不能把這本書的空白填滿嗎？

難道不能像在書店裡看到那本白紙的書那樣，靠自己創作內容嗎？

或許填滿這本書的空白不代表就能填滿朔夜心中的空白，但只要是為了他，任何事讀美都願意嘗試。

同時，她也有點擔心，這會不會只是一種自我滿足，所以在對朔夜提出這個建議的時候還加了一句「可能是我多管閒事」，但朔夜說他很高興，還說：「有勞妳了。」現在的他還不會寫字，所以把書託付給讀美。

這麼坦率的態度在他身上是非常罕見的，所以讀美也決心要做就做到底。

「我會把文香給我看的小說寫在這本書上。雖然我的字不太好看……但我會努力的。所以文香拜託妳！稿費我會從打工的薪水裡想辦法生出來的！請妳答應我的要求！」

「等一下，讀美，把頭抬起來啦！」

讀美把手撐在圓桌上，低頭懇求。文香連忙阻止她。讀美抬起頭，只見文香怪不好意思地用手指搔了搔羞紅的臉頰。

「不用什麼稿費啦！我又還不是專業的作家。話說回來，妳願意把撰寫原稿的重責大任交給我，我感到榮幸都來不及了。」

「文香，那……」

「沒問題。這還是第一次有人委託我寫小說，我一定會竭盡所能的。畢竟是好朋友的要求嘛！」

文香豎起大拇指。讀美感謝朋友的仗義相助，約好會再請她吃那家咖啡廳的聖代。

如此這般，將一片空白的書用故事填滿的計畫就開始了。

終章・裏

神居書店

彷彿要把大氣層喊破一個洞的油蟬大合唱終於降低了音量，取而代之的是暮蟬沁人心脾的叫聲；彷彿要把人燒焦的陽光也感覺溫和了許多；就連吹過綠意盎然的冰川參道的風，最近似乎也體貼著路上的行人，變得涼爽又舒服。

讀美的暑假就快要接近尾聲了……

「午安！」

這是暑假最後一個打工的日子。

有人推開書店的大門走進來，好像是客人。正在櫃臺做事的讀美停下手邊的工作，抬起頭來。並剛好不在，而她正把文香一個禮拜前完稿的小說抄錄在朔夜的本體裡，只剩幾行就可以寫完了。

「歡迎光臨。」

讀美擱下筆，正要起身接待客人的時候，朔夜已經從書架間走向門口，腳邊率領著花嘴鴨幻本的一列縱隊。

朔夜變成人類之後，繼續以店員的身分在桃源屋書店裡工作。並是這麼說的：「畢竟你是我花錢買回來的，你就在這裡工作，至少把這筆錢還清吧！當然，你要工作超過我的期待，我也是樂見其成的。」當然並是面帶笑容地說。外表天真、內心狡詐的老闆——朔夜經常把這句話掛在嘴邊，如今讀美總算是充分了解這句話的意思了。

「紙山同學。」

把客人交給朔夜應該沒問題吧！正當讀美又要再度提筆寫字的時候。

許久未聞的聲音讓讀美抬起頭來，杏眼圓睜。

「咦？典子老師？妳怎麼會來？」

在朔夜的引領下走進來的人居然是圖書室的典子老師。典子笑盈盈地將手裡拎著裝有伴手禮的紙袋交給讀美。讀美站起來，走出櫃臺接過。

「我想妳應該還在打工，就過來看看，而且也有點想見某人了。」

典子輕撫著興高采烈地在腳邊猛搖尾巴的豆太頭頂上的書，笑得很是開懷。

「並都告訴我了，說妳很認真工作，老師真以妳為榮。」

「嘿嘿，謝老師誇獎。」

「喜歡這裡嗎？」

「嗯，非常喜歡！」

讀美的回答讓典子露出滿意的笑容。

「是嗎？那就好。」

「那個……老師，我有件事得向老師道歉。」

「向我道歉？什麼事？」

「我把這裡的事告訴朋友了……對不起，明明說好是我們之間的秘密的……」

讀美低頭道歉。但典子卻以平靜的語氣回答：

「那是因為紙山同學認為告訴那個人也沒關係對吧？既然如此，就沒有必要道歉喔！如果是紙山同學信得過的朋友，老師一點也不擔心喔！」

讀美抬起頭來，只見典子正對她微笑。這句話讓讀美終於放下心中的大石頭。

「對了，明天就要開學了，妳接下來有什麼打算？」

典子是指打工的事吧？讀美一下子答不上來。

「總之打工的期限到今天結束……我該怎麼辦才好呢？」

「妳如果想待在這裡，就繼續待著吧！」

這句話是朔夜說的。讀美看著他的臉，只見他從鼻子裡冷哼了一聲。

「可是，並先生什麼都沒說……」

「並的意見根本不重要，重要的是妳想不想留在這裡。」

「朔夜也愈來愈會說話了呢！」

看樣子，典子和朔夜似乎也是舊識。被她這麼一說，朔夜有些難為情地把臉轉向一邊。

「那妳到底想不想繼續待在這裡嘛？」

說到這裡，讀美開始正視起自己的去留。

她還以為這件事由不得她。暑假一旦結束，在這裡打工的日子也就跟著結束了。

可是自己……

「抱歉抱歉，事原老師，您來啦？」

這時，並回來了。他去買修補用的工具，所以徒爾也提著一袋戰利品尾隨他走進店裡。並認出典子，為自己的晚歸向她道歉。

「您今天來是有話要跟我說嗎？」

「你回來得正好，我們剛剛才聊到這件事。紙山同學。」

「有！」

「從明天開始，這裡的工作妳打算怎麼辦？」

典子以溫柔的眼神看著讀美。那充滿慈愛的眼神，讓她想起自己的祖母。

……看著那樣的眼神，讀美下定心意。

先瞥了朔夜一眼，然後一瞬也不瞬地看著並說：「並先生。」

「嗯，什麼事？」

深深地吸了一口氣。

讀美鼓起勇氣說：「我想待在這裡，想留在這裡工作。請讓我繼續在這裡打工！」

她一直在尋找自己的容身之處。

從很久很久以前，她就一直在尋找願意接受自己的地方。

可以填滿內心的孤獨，讓她感到快樂、變得幸福的地方。

看著朔夜，看著並，看著他背後的徒爾，還有以豆太為首的幻本們——

這裡有讀美夢寐以求的東西。

她不要今天就是在這裡工作的最後一天。

不管是明天還是後天，即使季節更迭，她都希望能繼續出現在這裡。以身為這家桃源屋書店店員的身分。

「可以啊！」

短暫的沉默之後，並微笑著回答。

「明天起也請妳多多指教了，讀美。」

「謝……謝謝你！」

讀美反應超大地低頭致謝。再度抬起頭來的時候，看到並笑得可開心了。

「會修補的人願意來幫忙，當然是再歡迎不過了。因為我們家的小朋友都很淘氣，動不動就受傷呢！而且我要是敢說不行的話，可能會被朔夜砍死。」

「什麼？你這句話是什麼意思！」

「要我解釋也不是不行，但我真的解釋了，只怕你會更生氣吧！朔夜。」

「你這不等於都說了嗎！笨蛋！」

不管氣得跳腳的朔夜和完全不把他的嗆嗆呼呼當一回事的並，讀美看了典子一眼。

「老師，妳今天來該不會是為了幫我向並先生說項的吧……」
「呵呵，因為我想紙山同學一定會喜歡這裡。」
「啊……圖書委員的工作我會全力以赴的。」
讀美說罷，典子笑著說：「妳已經太努力了。」從今以後，沒有圖書委員的工作時，她再也不會放學後還占據著圖書室的一角了吧！只要來這裡，她就不會再感到寂寞了。
「老師，謝謝妳。」
讀美非常感謝典子，感謝她今天來，感謝她讓自己知道這家書店的存在。典子在那之後和徒爾聊了起來，她想見的人貌似就是徒爾。最近一切都好嗎？嗯，還可以，不算太糟。改天再一起喝茶吧？只要典子小姐願意賞臉的話……兩人天南地北地閒話家常。
沒想到那個總是面無表情，彷彿戴著一副面具的徒爾，在跟典子講話的時候，居然靦腆地羞紅了臉，露出宛如少年般的微笑，把讀美都給驚呆了。
「原來如此……」
第六感告訴讀美，典子就是徒爾的「那個人」，而且這個直覺肯定不會錯。或許是感受到讀美的視線，徒爾試圖轉移注意力地輕咳了兩聲，讀美識相地將目光從他們身上移開。

聊了一會兒，典子留下一句：「那明天學校見了。」便打道回府。並和徒爾說要送典子去車站，也一起出去了。剛從書架上醒來的篤武帶著緊纏著他不放的豆太也跟著出去了。最近，帶豆太去庭園裡散步是新來乍到的篤武的工作。

店裡只剩朔夜和讀美，讀美打算繼續剛才的工作。為了打起精神，用幸運草的髮夾重新把劉海夾好，把剩下幾行字寫進朔夜的書裡。

寫完最後一個字，再畫下句點。讀美把筆放下，把書拿起來。

「完成了！」

朔夜的「書」完成了。

讀美的叫聲讓剛把花嘴鴨的幻本們放回書架上的朔夜聞聲而來。

「寫完了嗎？」

「嗯！」

「借我看。」

墨水已經乾了，讀美把書遞給他。朔夜翻閱著內容。

只見他不發一語地翻動著書頁，紙張的摩擦聲在幻本們皆已入睡的安靜店內響起。朔夜一頁又一頁地翻看著，落在書本上的視線以一定的速度上下追逐著文字。

「我說……」

冷不防，朔夜邊看書邊開口。

「嗯？」

「妳的字好醜。」

「唔，有什麼辦法，要是每個人都能寫出一手好字，那就天下太平了。」

「算了，這種事也不是很重要。」

說完這句話以後，又過了多久的時間呢？

朔夜終於緩緩地把書闔上。

「如何？」

寫在書裡的文章是文香的小說。內容是以取樣於中世紀歐洲的異世界為舞臺的奇幻冒險。主角是個名叫菲莉亞的少女，她同時也是書店的店員。這是描寫女主角與裡頭棲息著靈魂的書本們一起奮鬥的故事。

讀美提心吊膽地等待宣判，好似對朋友作品的評價就等於對她本人的評價。她在心裡一面祈禱能得到好評，一面靜待朔夜的答案。

朔夜深呼吸，貌似為了讓自己平靜下來。搔搔金色的頭髮，不太好意思地說：「呃……很有趣。」

「真的嗎？」

「真的啦！我才不會說謊。不僅很有趣，該怎麼說呢？哎，啊，可惡！」

這時，讀美看見了。

一滴淚從朔夜的眼眶裡無聲地墜落。

「……妳看到了？」

「咦？沒、沒有，我沒看見！我什麼都沒看見！」

「……謝啦！」

又是這句好似在夢裡聽過的話。

朔夜擦乾眼淚，以心滿意足的表情接著說：

「……我能感覺這就是我的內容，感覺胸口那個空空如也的部分都被填滿了。原來世上也有這種書啊！」

朔夜的話和笑容都讓讀美覺得好開心。一想到朔夜終於也接受他自己了，心裡就暖洋洋的；同時也為朋友感到驕傲，自己的第一個好朋友居然能寫出這麼棒的作品。

然後也覺得自己做的一切都不是白費。

「嘿嘿！得向文香報告你對她的好評才行。」

「話說回來，這本書的書名叫什麼？」

「啊！這麼說來，我還沒把書名寫上去！呃……寫在這裡就可以了吧！」

讀美翻開小說內文起始頁的前一頁空白頁面，正要拿起筆的時候。

「等一下，我來寫。」

「你要寫？你會寫字嗎？」

「我不是說過嗎？我想寫字。所以我練習過了，而且已經可以寫得比妳好看了……說吧！書名是什麼？」

他那沒禮貌到極點的口吻早已成為他們打情罵俏的默契之一，已經習以為常的讀美也不會再放在心上了，拿起文香的原稿回答：

「待我看來，書名叫《神居書店》。」

「我雖然也覺得是這樣，但會不會太沒創意了點？」

「因為是以『我家書店』為範本嘛！」

這句話讓讀美心裡有些竊喜。

因為這家書店對讀美而言，已經成了可以稱之為「我家」的地方。

真希望以後也能一直這樣下去。

來到這裡以後，讀美變得喜歡自己了。

也開始喜歡別人，對於書則是更加地愛不釋手。

因此她可以毫不猶豫地說：

「我喜歡這裡。『這裡』就是我的容身之處。」

讀美將幻本們沉沉睡去的書店看了一遍，打從心裡笑了。

那些因為找不到容身之處而感到不安的日子，似乎已經留在這個夏天之前。她之所以能這麼想，肯定是因為來到這家書店以後，自己看事情的角度也變了。

只要改變看法，世界也會跟著改變。

這個地方教會讀美這件重要的事。

這裡是有生命、有靈魂的書——幻本與為了追求玄幻而來的讀者相遇的地點。

也是讀美與朔夜相遇的起點。

在埼玉縣幸魂市的大宮站下車，前往位於冰川參道前方的裏道通三番地。

這裡靜悄悄地開了一間如夢似幻的書店，店名是「桃源屋書店」。

在那裡，不可思議的幻本們說不定——正等著與你相遇。

◆ ◆ ◆

如同我們等待著書，書也正等待著讀者喔！

——摘錄自紡野文香著《神居書店》

國家圖書館出版品預行編目資料

神居書店：幻本之夏／三萩千夜著；緋華璃譯 .--
初版 . -- 臺北市：皇冠，2016.07
面；公分 .--(皇冠叢書；第 4561 種)(mild; 3)

譯自：神さまのいる書店 まほろばの夏
ISBN 978-957-33-3242-8(平裝)

861.57　　105009671

皇冠叢書第 4561 種
mild 3

神居書店
幻本之夏

神さまのいる書店 まほろばの夏

作　　者—三萩千夜
譯　　者—緋華璃
發 行 人—平雲
出版發行—皇冠文化出版有限公司
台北市敦化北路 120 巷 50 號
電話◎ 02-27168888
郵撥帳號◎ 15261516 號
皇冠出版社（香港）有限公司
香港上環文咸東街 50 號寶恒商業中心
23 樓 2301-3 室
電話◎ 2529-1778　傳真◎ 2527-0904
總 編 輯—許婷婷
責任編輯—陳怡蓁
美術設計—嚴昱琳
著作完成日期— 2015 年
初版一刷日期— 2016 年 07 月
初版四刷日期— 2020 年 11 月
法律顧問—王惠光律師

讀者服務傳真專線◎ 02-27150507
電腦編號◎ 562003
ISBN ◎ 978-957-33-3242-8
Printed in Taiwan
本書定價◎新台幣 260 元 / 港幣 87 元